언니라고 불러도 될까요

언니라고 불러도 될까요

지은이 이서수, 한정현, 박서련, 이주혜, 아밀
펴낸이 임상진
펴낸곳 (주)넥서스

초판 1쇄 발행 2025년 6월 1일
초판 2쇄 발행 2025년 6월 5일

출판신고 1992년 4월 3일 제311-2002-2호
10880 경기도 파주시 지목로 5
Tel (02)330-5500 Fax (02)330-5555

ISBN 979-11-94643-46-3 03810

저자와 출판사의 허락 없이 내용의 일부를
인용하거나 발췌하는 것을 금합니다.

가격은 뒤표지에 있습니다.
잘못 만들어진 책은 구입처에서 바꾸어 드립니다.

www.nexusbook.com
&(앤드)는 (주)넥서스의 문학 브랜드입니다.

앤드
앤솔러지

언니라고 불러도 될까요

이서수
한정현
박서련
이주혜
아 밀

&

일러두기
- 본 도서는 각 작가의 문체적 특성과 의도를 그대로 살려 편집하였습니다.
- 국립국어원의 맞춤법을 준수하되, 원문의 뉘앙스를 보존하기 위해 일부 표기는 예외를 두었습니다.

차
례

어느 한 시절 · 이서수　7

그 언니, 사랑과 야망 · 한정현　53

둘 중에 하나 · 박서련　89

순영, 일월 육일 어때 · 이주혜　131

나를 다문화라 불렀다 · 아밀　165

진희 언니의 카페가 문을 닫았던 날, 우리는 온종일 테이블 하나를 차지하고 앉아 그곳에서 보낸 시간을 반추하려 했으나 반나절이 지나자 막을 수 없는 하품이 나왔다. 우리는 언니 눈치를 보며 배달 음식을 시켜 먹었고, 포장 용기를 정리하고 나선 이어폰을 끼고 드라마를 봤다. 마지막 영업일에도 손님은 없었다. 카페 포옹은 경기 침체가 지속되던 해에 영구히 문을 닫았다. 언니의 카페가 있던 자리를 오갈 때마다 나는 걸음을 멈추고 텅 빈 점포를 들여다보았다. 우리가 나누었던 대화와 함께 만든 추억이 그 안에 여전히 고여 있는 것 같았다. 특히 영업이 끝나고 난롯가에 둘러앉아 밤새 술을 마셨던 날은 잊히지 않았다. 그 겨울을 함께 보내며 나와 지그, 번번과 깡총은 언니와 차츰 가까워졌다.

*

 가장 자주 떠올리는 단어를 한 가지만 써 봅시다. 언니의 말에 우리는 솔방울, 지그시, 번번이, 깡총깡총이라고 적었다. 언니의 카페에서 열린, 글쓰기 모임에서 처음 만난 우리는 얼굴을 붉히며 자기소개를 했고, 카페를 기준점으로 삼으면 모두가 반경 3킬로미터 이내에 산다는 공통점을 발견했다. 첫 모임에서 언니는 자주 떠올리는 단어를 키워드로 짧은 글을 써 보자고 제안했다. 나는 고심 끝에 솔방울을 골랐다. 그즈음엔 한적한 공원을 산책하다 솔방울을 발로 차며 걷는 재미에 푹 빠져 있었다. 그만큼 적적했다는 의미다.
 나는 세 번째 직장을 퇴사한 뒤 공백기를 지나던 중이었다. 직장 선배가 내 자리에 껌을 뱉었고, 내가 그걸 제대로 밟았다. 선배를 찾아가 단도직입적으로 물었다. 왜 그러셨어요? 그는 도리어 내게 화를 냈다. 그러게 왜 남의 말을 귓등으로 들어. 여기가 동아리 모임인 줄 알아? 왜 그렇게 건성건성으로 일을 처리해? 한자리에 딱 붙어 있으라고 했잖아! 나는 어떤 이유로든 남의 자리에 껌을 뱉는 건 최악의 행동이라는 걸 깨닫게 해 줄 요량으로 회사를 그만두었다. 그러나 그는 아무것도 깨닫지 못한 것 같았고, 나는 복수심에 휩싸인 백수가 되었다.

　진희 언니가 자주 떠올리는 단어를 물었을 때 나는 싫어하는 단어를 먼저 떠올렸다. 그건 틀림없이 '건성건성'이었다. 건성도 아니고 건성건성이라는 건 곱절로 건성이라는 의미일 텐데 나에게 그런 말을 한 이유가 뒤늦게 궁금했다. 내가 정말로 일 처리를 그렇게 하나? 믿을 수 없는 말이었다. 그리고 사람이 접착제도 아니고 어떻게 한자리에 딱 붙어 있나. 나는 복사기와 싸우고 탕비실의 커피 머신과 자주 씨름했다. 내가 사용할 때만 작동이 잘되지 않았다. 어떻게든 수리해 보려고 애쓰느라 자리를 지킬 수가 없었던 것인데 그것도 모르고 나에게 그런 짓을 하다니. 나는 복수심과 건성건성 사이에서 고심하다 결국 '솔방울'이라고 적었다. 글쓰기 모임이 열리기 전날, 공원에서 솔방울 톡톡 차며 걷다가 지나가던 노인이 하는 말을 들었다. 요즘엔 노는 젊은이가 왜 이렇게 많아! 그러고 싶지 않았는데 내 어깨가 저절로 움츠러들었다. 진희 언니는 나한테 한 말이 아닐 거라고 위로해 주려 했다. 거긴 저밖에 없었는데요? 언니는 당황하며 얼굴을 붉혔다. 나를 겨냥해서 한 말이 분명했으니까.

언니는 서둘러 다른 참가자에게 글을 낭독해 보라고 말했다. 단발머리에 눈썹 산을 높게 그린 내 또래 여성은 '지그시'라는 단어를 골랐다. 살면서 힘든 일을 겪을 때마다 지그시 참는 마음, 지그시 밟고 지나가는 마음으로 극복하려 한다는 내용의 글을 썼다. 참는 것과 밟고 지나가는 자세는 상당히 다른 것 같았지만 그에 관해 묻지는 않았다. 지그의 차분한 분위기가 마음에 들어 첫인상을 좋게 남기고 싶었다. 따지는 것처럼 들리면 낭패였다. 다만 참는 것과 밟는 것을 동시에 할 수 있는 사람의 양면성을 유의하자고 생각했다. 이타백을 메고 머리를 양 갈래로 땋고 온 여성은 '번번이'라는 단어를 골랐다. 번번이 같은 실수를 반복하는 자신, 번번이 상처를 주고받는 사람들에 대한 글을 낭독했다. 대인 관계에 문제가 있을지도 모르겠어. 나는 그런 생각을 하며 의자에 걸려 있는 이타백을 힐끗 쳐다보았다. 가방 전면이 일본 애니메이션 캐릭터 굿즈로 꾸며져 있었다. 주로 덕후들이 애용하는 이타백을 들고 온 번번은 무언가에 빠지면 그것만 보는 사람입니다, 라고 자신을 소개하고 있는 듯했다. 첫 모임에 지각한 깡총은 무테안경을 쓰고, 체크무늬 셔츠의 단추를 맨 위까지 채운 단정한 차림새로 나타났다. 가장 자주 떠올리는 단어는 '깡총깡총'. 살아가면서 가장 필요한 자세는 깡충깡충인 것 같습니다. 원하는 것을 찾아 토끼처럼 깡충거리며 뛰어다니는 자세라는 의미인데요. 어디든 가 보려는 의지로, 에너지를 상실하지 않고 끊임없이 움직이는 청년의 모습을 떠올렸습니다. 단상에 올라 발표하는 듯한 어조로 씩씩하게 낭독을 마친 깡충을 향해 나를 제외한 모두가 고개를 끄덕여 주었다. 나는 슬그머니 반박했다. 깡충깡충은 그런 뜻보다 밝고 즐겁게 살아가려는 삶의 자세에 가까운 것 같은데요. 생각은 줄이고 점프를 많이 하자. 그런 의미로 들려요.

깡충은 반박이나 수긍은 하지 않고 노트 귀퉁이를 접었다 펴기만 했다. 수줍음이 많은 사람일까 아니면 내 말에 동의하지 않는 걸까. 깡충은 끝내 아무런 반응도 보이지 않았다. 그걸 보며 나는 깡충과 친해지고 싶은 마음이 들었다. 섣불리 반박하지 않고 곱씹어 보는 사람, 자신의 말이 어떤 파란을 초래할지 알 수 없어 결국 입을 꾹 다물고 마는 사람은 적어도 남의 자리에 껌을 뱉거나 친구의 뒤통수를 치진 않을 것 같았다. 나는 첫 모임에서 지그와 번번, 깡충과 친구가 될 가능성을 어림했다. 놀고 있어 그랬는지 사람이 고팠다. 백수가 과로사한다는 말은 내겐 적용되지 않았다. 시간이 남아돌았다.

내가 친구로 지내고 싶었던 사람은 글쓰기 모임에 나타난

세 명의 참가자였지 진희 언니는 아니었다. 카페 사장인 언니는 우리보다 나이가 열 살 더 많았고, 친구로 지내기엔 약간의 거리감이 느껴졌다. 그날 언니는 모임을 마치며 말했다. 우리의 글에 한 가지 공통점이 있네요. 다들 어떻게 살아가야 할지 고민하고 있다는 거요.

언니는 첫 모임 선물이라면서 커피값을 받지 않았다. 지그는 집으로 돌아가면서 쿠키를 포장해 갔고, 번번은 인스타그램에 올리겠다며 카페 내부 사진을 찍었고, 깡총은 테이크아웃으로 허브차를 사 갔지만 나는 아무것도 사거나 하지 않았다. 언니에게 친한 척을 조금 했고, 다음에 또 오겠다고 웃는 얼굴로 인사하며 가게를 나섰다. 나는 남에게 폐를 끼치더라도 개의치 않겠다는 새로운 삶의 자세를 열망하고 있었다. 조금 솔직해져 보면 주머니 가벼운 백수인 나와 달리 진희 언니는 어엿한 카페 사장이니 커피 한 잔쯤이야 얻어먹어도 괜찮을 것 같았다. 그맘때의 나는 얻어먹는 일에 익숙해진 상태였다. 오랜만에 만난 학창 시절 친구, 광주에서 회사에 다니는 동생, 프레시 매니저로 일하는 엄마, 베트남 출장이 잦은 아빠를 만나면 늘 얻어먹곤 했다. 누구도 나에게 계산하라고 말하지 않았다. 술값을 나눠 내자고 요구하지 않았다. 내가 통장 잔고를 들먹이며 돈 좀 빌려줄 수 있냐고 물어서 그랬는지도 모르겠다. 5만 원이나 10만 원. 그들에겐 크지 않은 금액일 것 같았다. 그들은 나를 동정했다. 나는 그들의 눈빛에 깃든 안쓰러움이 싫지 않았다.

나 좀 안쓰럽게 봐줘. 애처롭게, 애틋하게 봐줘.

언니도 나와 같은 마음이었을까. 자신을 안쓰럽게 봐주길 원했을까. 우리는 이제 진희 언니를 엔빵 언니라고 불렀다. 물론 언니는 그 사실을 몰랐다.

*

첫 한파가 들이닥친 날, 나는 쇼핑몰 야외 광장에서 조화를 심었다. 하루만 일하는 단기 알바였고 시급 만 원을 받기로 되어 있었다. 목장갑을 끼고 알록달록한 조화를 인조 잔디에 난 작은 구멍에 꽂았다. 모집된 세 명은 얼핏 봐도 비슷한 나이대로 보였다. 다들 심오한 표정을 지으며 그늘이 내려앉은 얼굴로 꽃을 심었다. 한눈에 봐도 조화인 걸 알 수 있었다. 송이마다 꽃잎 크기가 동일했고, 안쪽은 분홍, 바깥쪽은 빨강, 보라, 주황이 균일한 채도로 채색되었으며, 노란색 플라스틱으로 만들어진 암술과 수술은 투박한 자태로 비죽 솟아 있었다. 이런 꽃은 심지 않는 편이 더 낫겠다는 생각이

들 정도로 만듦새가 조악했다. 꽃을 자세히 보려고 다가온 누군가를 우울하게 만들 것 같았다. 광장은 무척 넓었고, 그날 안에 조화를 다 심어야 했기에 우리는 허리 펼 시간이 없었다. 이른 아침에 시작한 일은 늦은 오후가 되어서야 끝났다. 단기 알바로 모인 일꾼들은 서로 인사도 없이 뿔뿔이 흩어졌다.

나는 집으로 돌아가지 않고 광장 한가운데 벤치에 앉아 진희 언니를 기다렸다. 엉덩이가 시리고 콧물이 흘렀다. 보름 뒤엔 그곳의 크리스마스 특판 매대에서 판매원으로 일할 예정이었고, 그 하루 전엔 크리스마스트리를 장식해야 했다. 시즌 단기 아르바이트생 채용 면접에서 나는 조화 심기를 포함해 세 가지 일을 모두 할 수 있다고 큰소리로 답했고, 아마도 그런 이유로 우선 채용되었을 가능성이 높았다.

쌍둥이처럼 똑같은 옷을 입은 아이들이 광장을 가로질러 달려가다 조화를 심어 놓은 잔디 위로 풀쩍 뛰어올랐다. 나는 자리에서 일어나 목을 빼고 아이들을 쳐다보았다. 아이들은 조화를 짓밟으며 술래잡기 놀이를 했다. 아이들의 발밑에 깔려 옆으로 누운 조화는 발이 치워지자마자 원상태로 복구되었다. 탄력성이 좋은 플라스틱이라 밟혀도 짓이겨지지 않았다. 나는 안도하며 다시 벤치에 앉았다. 가짜여도 나쁘지 않구나. 짓밟혀도 이내 복구되는 회복 탄력성이 있으니. 향기 넘치는 생화와 조악한 조화 가운데 하나만 고를 수 있다면 조화로 살아보는 것도 나쁘지 않을 것 같았다. 아무렴 조화여야지. 그래야 한자리에 딱 붙어 앉아 머리 위에 먼지가 고요히 쌓여 가는 동안 일하고, 또 일하면서 아무런 상처도 받지 않을 수 있지. 밟혀도 금세 일어날 수 있고.

약속 시간이 지나도 진희 언니는 오지 않았다. 나는 언니가 계속 나타나지 않다가 이대로 연락이 영영 끊기는 상황을 상상했다. 그래도 이상하지 않을 것 같았다. 언니가 우리를 대하는 태도는 따듯했지만, 상당히 모호하기도 했다. 조화가 꽃의 모양새가 되고자 했다면 우리는 목표로 하는 형태가 없었다. 그나마 가장 가까운 것이 자매일 텐데, 진희 언니는 보편적으로 우리가 아는 '언니'와 조금 다른 면이 있었다. 동생들을 아끼는 내색을 하면서도 묘하게 선을 그었다. 가게 문을 닫고 난 뒤에도 우리와 연락하고 만나기도 하는 언니의 의중이 뭘까 나는 종종 궁금했다. 지그와 번번, 깡총도 그걸 궁금해했다. 언니를 제외한 우리 넷은 나이가 엇비슷했고, 살아가며 하는 경험과 고민이 크게 다르지 않았다. 그러나 언니는 우리보다 나이가 한참 많으니 삶의 모양새나 고민도 다를 것 같았다. 나는 언니의 속마음을 잘 몰랐다. 언니는 우리를 만날 때마다 술을 진탕 퍼마셨고 가장 먼저 취해 농담만 늘어놓았다. 고민 같은 걸 진지하게 말하는 분위기는 아니었다. 그럼에도 우리는 두 달에 한 번은 꼭 만났다.

조화를 밟고 놀던 아이들이 다른 곳으로 뛰어갔다. 똑같은 차림새인 그들의 뒷모습을 바라보는 동안 소솔이가 떠올랐다. 걔는 과연 나를 언니라고 생각할까. 쌍둥이의 오랜 난제 같은 건 아니었다. 내가 5분 먼저 태어났으니까. 그러나 산부인과 의사의 얼굴을 먼저 보았을 뿐이지 정소솔에 비해 나는 뭐 하나 똑 부러지게 하는 게 없었다. 소솔은 취했을 때만 나를 언니라고 불렀다. 맨정신엔 이름을 불렀다. 정오솔! 나는 언니라는 말을 거의 들어 본 적이 없었다.

솔방! 단톡방에서 만들어진 내 별명을 부르는 소리에 뒤를 돌아보았다. 브론즈 톤으로 바뀐 헤어스타일을 한 진희 언니가 벤치 뒤에 서 있었다. 염색했어? 언니는 머리칼을 만지작거리며 개털 됐어, 했다. 언니의 머리를 자세히 보았더니 군데군데 얼룩져 있었다. 어떻게 했길래 망한 거야? 언니는 혼자서 해 보려다 망한 것 같다고 답했다. 나는 예의상 그래도 예쁘다고 말해주었지만 가까이서 보니 정말 심한 개털이었다. 언니는 손재주가 없어도 심하게 없었다.

술집 안으로 들어서자마자 우리를 향해 손을 흔드는 지그가 보였다. 여기야! 우리는 음침한 구석 자리로 걸어가서 앉았다. 언니의 망한 머리를 본 번번이 잘 어울린다고 말해주었다. 번번은 늘 예쁜 말만 했다. 진실이 아니더라도 다정한 말이기만 하면 된다는 자세가 나와 비슷했다. 지그는 옆자리에 앉은 언니의 머리를 안타까운 눈빛으로 쳐다보았으나 끝내 입은 열지 않았다. 깡총이 언니에게 학원은 계속 잘 다니고 있느냐고 물었다. 무슨 학원? 번번이 눈을 동그랗게 뜨며 물었다. 그러게. 무슨 학원? 나 역시 물었다. 언니가 미간을 찡그리며 말했다. 나 지금 네일 아트 배우고 있어. 나는 손재주도 없는 사람이 무슨 네일 아트냐고 말하려다가 참았다. 지그의 입가에 조소가 번졌다. 나는 지그가 어떤 말을 할지 짐작할 수 있었다. 결국 지그는 참지 못하고 입을 열었다. 꾸밈 노동은 싫다면서. 언니는 변명하듯 우리의 시선을 피하며 말했다. 그냥 먹고살려고 고른 일이야.

지그가 메뉴판을 펼치더니 언니에게 안주를 고르라고 말했다. 언니는 늘 그랬듯 너희들 먹고 싶은 걸로 골라, 했다. 우리는 열심히 머리를 맞대고 안주 궁합을 맞췄다. 국물 요리와 구이 메뉴를 한 가지씩 골랐고, 고기를 먹지 않는 깡총을 위해 바지락볶음도 주문했다. 우리는 기본 안주인 단무지 무침과 땡초절임으로 술을 몇 잔 마시고 나서 기분 좋게 풀어졌다. 지그는 친구들과 군산으로 여행 다녀온 얘기를 했고, 번번은 국제만화축제에 코스프레 복장으로 참석했던 일화를 들려주었다. 깡총은 대학원 진학을 뒤늦게 고민하고 있다며 조언을 요청했다. 지그가 형편이 된다면 다시 공부를 시작하는 것도 나쁘지 않으니 기회를 잡으라고 말했고, 번번은 타로카드 점을 보러 가자고 제안했다. 용한 곳을 알고 있으니 같이 가서 자세히 물어보자면서. 언니는 우리의 대답을 가만히 듣기만 하다가 말했다. 뭘 하든 새로운 도전은 다 좋은 거 같아. 나한테는 카페가 그랬어. 비록 망하긴 했지만, 너희들과 만나서 좋아.

 언니가 더 이상 가게를 유지하기 어려워 문을 닫아야 할 것 같다고 말했을 때 우리는 비슷한 반응을 보였다. 우리가 이렇게 자주 오는데도 망했어? 언니는 고개를 끄덕였다. 너희만 와. 그래서 망한 거야. 나는 언니가 괜한 엄살을 부리는 거라고 생각했다. 하지만 언니는 우리에게 그 말을 하고서 정확히 한 달 뒤에 가게 문을 닫았다. 언니의 마음이 바뀔 수도 있을 거라는 예상은 빗나갔다.

 안주는 금세 동났고 술은 빠른 속도로 사라졌다. 너희들은 왜 술을 물처럼 마시냐고 핀잔을 주던 언니의 눈이 점점 풀렸다. 언니의 주량이 우리 중 가장 약하다는 점을 놀리던 지그가 대뜸 나이 들어서 그런 거 아니냐고 말했다. 맞아. 나 이제 생리량도 절반으로 줄어서 이틀밖에 안 해. 나이 들면 그렇대. 언니는 탐폰도 쓰지 않았다. 우리 중 유일하게 생리대를 썼다. 언니는 탐폰이 무섭다고 했다. 그걸 어떻게 사용하니? 나는 해 봐도 안 되더라. 번번이 자기는 처음부터 단번에 성공했다고 으스대며 말했다. 지그와 깡총도 고개를 끄덕였다. 맞아, 쉬워. 나는 언니가 너무 옛날 사람 같다고 생각했다. 그럼 언니는 여름에도 생리대를 써? 안 갑갑해? 언니는 한참 대답이 없다가 너무 자세한 얘기는 하지 말자고 했다.

술자리가 파할 때쯤 언니가 의자에서 먼저 일어나며 말했다. 오늘은 누가 계산하나. 단톡방에 계좌번호 알려줘. 그건 언니의 고정 대사였다. 술자리가 파할 때마다 언니는 늘 그렇게 말하고 먼저 술집 밖으로 나갔다. 카운터에서 계산을 마치고 돌아온 지그에게 술값이 얼마나 나왔는지 물었다. 대답을 듣고 나선 우리가 그렇게 많이 먹었냐고 따지듯 묻게 되었다.

우리는 계단을 걸어 내려오며 언니를 흉보기 시작했다. 언니에게 특별히 서운한 게 있는 것도 아니었지만 누군가 먼저 그 말을 꺼내자 기다렸다는 듯이 모두가 입을 열었다.

언니는 왜 우리한테 밥을 한 번도 안 사 줄까?

한 번도 안 사 줬나?

맨날 엔빵하자고 그러잖아. 얻어먹고 싶어서 그러는 게 아니라, 내가 아는 언니들은 나한테 항상 밥을 사 주거든.

맞아. 내가 아는 언니들도 다 그래.

더치가 편하기는 하지만.

내가 진희 언니였으면, 난 사 줬을 거야.

한참 동생들이니까.

맞아.

엔빵 언니야, 엔빵 언니.

우리는 크게 웃음을 터뜨리며 계단을 걸어 내려왔다. 1층에 도착해 건물 밖으로 나갔더니 구석진 골목에서 연초를 피우고 있는 언니가 보였다. 언니는 담배 연기를 천천히 내뿜으며 우리에게서 시선을 돌렸다.

*

사다리를 타고 올라가 반짝이는 장식물을 가지에 걸었다. 신기하게도 함께 조화를 심었던 멤버가 그대로 트리 장식에 동원되었다. 나처럼 그들도 정해진 장소로 출근하지 않는 청년들 같았다. 일시적 근무지, 우연을 가장한 운명 같은 만남.

크리스마스 배경의 로맨스 영화에 나올 법한 상투적인 스토리를 떠올렸지만, 당연히 우리 사이엔 아무 일도 일어나지 않았다. 로맨스든 우정이든 힐링이든 그 무엇도 발생하지 않았다.

진희 언니에게서 조금 이따 보자는 톡이 왔다. 언니가 나에게 의존하는 것일까? 순간 그런 생각이 들었다. 요즘 들어 언니를 너무 자주 만나는 것 같았다. 언니는 여전히 엔빵 언니였다. 내가 쏠게. 농담으로라도 그런 말은 하지 않았다. 얻어먹길 손꼽아 기다리는 건 아니지만 한 번쯤 언니의 법칙을 깨뜨려 보고 싶었다. 내가 쓸데없는 집념을 품는 동안 다른 알바생들은 묵묵히 트리에 반짝이는 옷을 입혀 주고 있었다. 저들도 머릿속에 오만 가지 잡념이 맴도는 상태겠지.

화장실을 다녀와 마지막 박스를 열어 보았다. 그 안에 든 장식물은 솔방울이었다. 진짜 솔방울이 아니라 플라스틱으로 만든 가짜였다. 이런 것도 가짜가 있구나. 공원에서 발로 차며 걸을 땐 장식물이 될 수 있다는 생각은 하지 못했는데 트리에 걸어 놓으니 제법 그럴듯해 보였다. 겨울 분위기가 물씬 났다. 다른 알바생들과 빈 상자를 정리해 창고로 옮겨 놓고 인사도 없이 뿔뿔이 흩어졌다. 나는 이번에도 집으로 돌아가지 않고 쇼핑몰 광장 벤치에 앉아 콧물을 흘리며 언니를 기다렸다. 언니가 아는 사람들이 마지막 공연을 하는데 빈자리를 채워 줘야 한다며 평일 오후에 시간을 낼 수 있는 내게 함께 보러 가자고 했다. 어떤 공연인지 물었더니, 본업은 따로 있는 사람들이 연기와 연출, 극작까지 맡아서 한 연극이라고 했다. 본업이 뭔데? 퇴사 후 나는 그런 지점에서 뾰족해졌다. 회사원, 시민 활동가, 육아까지 담당하는 가사 노동자, 공방을 운영하는 자영업자 등등. 여성들의 연대와 보금자리에 관한 내용이라는 설명이 따라붙었다. 그 말을 들으며 나는 언니의 카페에서 토론을 벌였던 어느 밤이 불쑥 떠올랐다.

언니 페미예요? 지그가 묻자, 언니의 눈빛엔 난감함이 스쳤다. 그럴 수밖에 없었을 것이다. 지그와 번번, 깡총이 직전까지 페미를 폄하하고 있었으니까. 페미는 너무 이분법적이라며, 남자는 무조건 싫어하는 것 같다며, 늘 화가 나 있는 것 같고 말 한마디 잘못했다간 눈에 불을 켜고 달려든다면서. 나는 미약하게나마 고개를 끄덕여 주었다. 페미니스트라면 멀리하게 될 수밖에 없다는 그들의 의중이 또렷하게 읽혔기 때문이다. 유일한 동네 친구인 그들과의 친분을 잃고 싶지 않았다. 이젠 페미니스트라는 단어가 낡아 버린 것도 같았다. 짧은 기간에 사용 빈도수가 너무 높았던 탓인지도 모른다. 하나의 단어가 유행하면 모두가 그 단어를 사용하고 때를 입혀 금세 낡게 만드는 시대적 경향 때문인지는 모르겠으나, 단어의 탄생에서 오염까지의 기간이 너무 짧았다. 나는 여자가 여자를 가리켜 낙인을 찍는 태도로 페미라고 말하는 광경에서 부조리함을 느꼈지만, 그 감정을 어떻게 조리 있는 말로 표현해야 할지 몰랐다. 여성들의 만남인 우리 모임에서도 페미를 경계하는 태도를 내비치는 게 불길했다. 불편한 게 아니라 불길했다. 끝내 깨져 버리고 말 공동체 같아서. 나중에 그에 대해 조심스럽게 말했더니 내 말을 경청하던 지그가 물었다. 페미보다 자매애가 더 낫지 않아?

그건 어떻게 다른데?

자매애가 더 넓고 따듯하게 품어 주는 느낌이야. 둘로 나누지 않고, 화내지 않는.

지그의 말에 번번은 작게 고개를 끄덕였고, 깡총은 생각에 잠긴 표정을 지었다. 이윽고 깡총이 입을 열었다. 사실 나는 자매애도 좀 그래. 그건 다 여자라는 전제하에 사용하는 단어잖아. 언니가 깡총에게 물었다. 그럼 너는 자매애 말고 뭐가 좋다고 생각해? 깡총은 고심 끝에 답했다. 느슨한 돌봄? 서로 부담스럽지 않은 선에서 수행하는.

다들 고개를 끄덕였지만 나는 그게 더 어려운 것 같아 고개를 가만히 두었다. 자매애와 돌봄이 꼭 연결되어야만 하는 것인지도 의문이었다.

*

비좁고 답답한 공연장 밖으로 먼저 나와 진희 언니를 기다렸다. 언니가 계단을 올라와 팔짱을 끼더니 쫑파티에 같이 가자고 말했다. 나는 내향인이라는 이유를 들어 단호하게 거절했다. 언니는 거기 모인 사람들 모두 E가 아니라 I라고 말하며 절대로 불편하지 않을 거라고 장담했다. 나는 공연 내용이 불편했던 것을 떠올렸다.

연극의 내용은 이러했다. 학창 시절 친구였던 네 명의 여성이 우연히 한동네에서 재회한다. 알고 보니 다들 멀지 않은 곳에 살고 있었다. 그들은 일하다 번아웃이 와서, 육아에 시달려서, 이별 폭력을 당한 뒤 마음을 추스르느라, 퇴사 후 진정한 자아를 찾느라 심신이 지친 상태였다. 어느 날 동네 술집에 모여 술을 마시던 네 사람은 충동적으로 가게를 열기로 모의한다. 카페를 표방하되 본질은 정진하려는 여성들의 커뮤니티 공간으로 하자고. 그러나 동업은 쉬운 일이 아니었고 그들 사이는 점점 틈이 벌어진다. 나중엔 서로가 생각하는 연대의 범위가 다르다는 것, 돌봄은 하던 사람만 계속하게 된다는 것, 불편한 말을 툭툭 던지는 남편이나 지인을 가게로 자꾸만 데려오는 것 때문에 말다툼이 벌어진다. 결국 그들은 장사를 그만두기로 결정한다. 무얼 팔려고 했는지 참으로 모호했다고 반성하면서. 팔고 싶은 마음이나 있었는지 모르겠다며. 어쩌면 팔 게 아닌 것을 팔려고 했던 건지도 모른다고 서로를 탓하면서. 새로 나타난 임차인은 서점을 운영하려는 여성이었고, 지역 주민을 위한 커뮤니티를 만들겠다는 포부를 밝힌다. 그러자 주인공들은 씁쓸한 미소를 지으며 번창하세요, 라고 말한다. 그것이 스토리의 거의 전부였다. 나는 특히 결말부가 마음에 들지 않았다. 달리 해석해 보면 새로운 공동체의 연대를 기대해 보는 방향일 수도 있으나 연극을 관람하는 내내 못마땅한 느낌은 사라지지 않았다. 술집으로 들어가 기다란 테이블의 끝자리에 앉으며 아무도 나에게 감상을 묻지 않길 바랐다. 하지만 쫑파티에 나타난 외부인에게 그런 걸 묻지 않을 수는 없었을 것이다. 결국 내게로 질문이 왔다. 연극 어땠어요? 나는 솔직한 감상을 수식 없이 말했다. 그러자 다들 말이 없어졌다. 스피커에서 흘러나오는 댄스 음악만 요란하게 울려 퍼졌다. 번아웃 회사원 역할을 맡았던 배우가 천천히 입을 열었다.

…… 사실 원래 결말은 그렇지 않았어요. 우리가 연극을 만들다가 많이 다퉜거든요. 누구는 연극에 무리해서 시간을 쏟아붓는데, 누구는 시간이 될 때만 나타나니까 균열이 생긴 거죠. 결말부도 일치되는 방향성을 찾기가 힘들었고요. 그런데 우리가 내린 결론이 뭐냐면, 깨지더라도 할 수 없다는 마음으로 밀고 나가자는 거였어요. 우리가 깨져도 우리 뒤에 올 사람들이 있을 거라는 자세로요. 어떻게 보면 안일하게 보일 수도 있는데 부담감이 좀 사라지긴 했어요. 내 한 몸 불사르겠다는 생각은 이제 아무도 안 하잖아요. 안 그래요? 피곤하면 집으로 가서 혼자 있기도 해야 한다는 거죠. 다시 돌아와야 한다는 것만 잊지 않으면 돼요.

　나는 혼자 있기도 해야 한다는 말에 수긍하고 말았다. 이미 와해된 공동체라는 생각이 들었지만 동시에 절대로 파괴되지 않을 것 같은 결속력이 느껴지기도 했다. 어쩌면 처음부터 깨진 상태인 게 나은지도 모른다. 언젠가 와해될까 봐 전전긍긍할 일도 없고, 실망할 일도 없을 테니까. 조각난 상태여도 원형과 비슷하게 되어 보려는 마음으로 앞으로 계속 나아갈 수 있으니. 그게 아니더라도 뭐, 시도는 해 본 거잖아. 모여서 뭔가를 해 보기는 했잖아. 다들 그런 눈빛으로 서로를 보며 어깨를 토닥거리기도 하고 너는 연기가 그게 뭐냐고 놀리기도 했다. 그러나 술집에선 결국 먹고 마시는 게 가장 중요한 법이다. 우리는 연극 얘길 때려치우고 나서야 긴장이 풀어졌고 왁자하게 떠들기 시작했다. 나를 그 자리에 데리고 간 진희 언니는 배우들을 모두 언니라고 불렀다. 지선 언니, 명혜 언니, 경아 언니, 미연 언니 등등 모두가 언니였다. 다들 서울, 대전, 대구, 부산은 물론이고 통영, 구례, 정선 등지에서도 살아본 적 있는 역마살 낀 언니들이었다. 진희 언니는 배우 언니들 앞에서 귀여운 동생이 되었다. 깜찍한 동요를 부르며 대놓고 애교를 부리기까지 했다. 만취했나? 나는 진희 언니의 주사를 여러 번 봤지만, 동요를 부르며 율동하는 모습은 처음 봐서 나를 보호하려는 마음에 얼른 눈을 가렸다. 보지 마. 눈 버려. 다들 나와 같은 마음이었는지 웃으며 농담을 한마디씩 던졌다. 너희들 왜 그래. 우리 막내 주사 하루 이틀 봐? 맏언니인 명혜 언니가 진희 언니의 앞접시에 먹을 걸 놓아 주며 말했다. 가시를 바른 짝태, 소면을 감은 골뱅이, 햄과 감자가 뭉쳐진 사라다 등을 진희 언니의 앞접시에 자꾸만 올려 주었고 그때마다 아나, 라고 말했다. 아나, 이거 먹어 봐.

나는 명혜 언니가 '아나'라고 말할 때마다 귀를 쫑긋 세웠다. 유독 그 단어가 귀에 감겼다. 아나. 아나. 아나. 술이 들어가니 외로운 마음이 치솟아서 그런가 그 말이 무척 따듯하고 다정하게 들렸다. 나는 풀린 눈으로 명혜 언니를 지그시 보았다. 왜 내겐 그 말을 안 해 주는 거지. 오솔 씨, 많이 좀 먹어요. 오솔 씨, 뭐 더 먹을래요? 나는 명혜 언니가 나에게만 깍듯한 것이 약간 서운했다. 왜 나에겐 아나, 라는 말을 안 해 주는 거야. 내가 모르는 화젯거리가 나와 가만히 입을 다물게 되었을 때 심심풀이로 아나의 의미를 검색해 보았다. 상대가 분수에 맞지 않는 걸 꿈꿀 때 비웃거나 조롱하는 말이라는 뜻이었다. 뭐야. 내가 목격한 광경과 전혀 안 맞잖아. 나는 '아나'의 다른 뜻을 머릿속에 추가했다. 무심한 듯 다정하게 챙겨줄 때 하는 말. 짧은 기간에 높은 빈도수로 사용하지 않았고, 오랜 기간 무덤덤하게 있는 듯 없는 듯 사용되다가 오늘의 술자리에서 새롭게 발견된 단어. 검색 화면을 아래로 더 내리자 '옜다'의 방언이라는 뜻이 나왔다. 가까이 있는 사람에게 뭔가를 건네줄 때 하는 말. 그 의미가 맞지만 내가 정의 내린 것에 비하면 여전히 뭔가 좀 부족해 보였다.

　술자리가 파할 때쯤 언니들은 자리에서 일어나 외투를 걸치며 얼마씩 내야 한다느니 그런 말을 했다. 나도 머릿속으로 술값을 계산해 보고 있는데 진희 언니가 고정 대사를 던졌다. 오늘은 누가 계산해? 단톡방에 계좌번호 보내 줘. 배우 언니들이 일시에 말했다. 아서라, 막내는 돈 내는 거 아니다. 우리가 언제 너한테 돈 받은 적 있어? 그러자 진희 언니의 얼굴에 환한 미소가 번졌다. 나는 어리둥절해졌다. 술집 밖으로 잽싸게 걸어 나가는 언니를 뒤따라가며 중얼거리듯 말했다. 내가 막내인데⋯⋯. 그러자 언니가 나를 돌아보더니 말했다. 야, 너는 손님이지.

건물 밖으로 나온 언니는 옆 골목으로 걸어 들어가 서둘러 연초를 꺼내 입술에 물었다. 나는 언니 옆에 서서 전자담배를 꺼냈다. 우리는 거의 동시에 연기를 내뿜었다. 동생들과 있을 땐 무조건 더치페이를 하지만 언니들과 있을 땐 항상 얻어먹는 진희 언니. 저런 삶의 자세를 배워, 말아⋯⋯. 나는 지그와 번번, 깡총에게 오늘 목격한 광경을 말해주고 싶었다. 언니는 윗세대와 아랫세대의 장점을 골고루 취하는 사람이야. 그래도 얄미움보단 어리둥절함이 더 컸고 끝내 웃음이 났다.

*

솔방울 차지 마라. 너는 한 번이라도 누군가를 촉촉하게 해 줘 봤느냐. 공원에서 솔방울을 차며 걷는데 갑자기 그 말이 떠올랐다. 노는 젊은이들이 왜 이렇게 많으냐고 외치던 할아버지와 또 마주칠까 봐 나는 한동안 공원에 발을 들이지 못했다. 오랜만에 간 공원에서 솔방울을 툭툭 차며 걷는데 별안간 그 말이 떠올랐다. 솔방울 차지 마라. 너는 한 번이라도 누군가를 촉촉하게 해 줘 봤느냐. 솔방울은 가습기로 쓸 수도 있다. 뜨거운 물에 담그면 오므라지지만 꺼내서 실내에 놓아두면 수분이 증발하며 원래 모양대로 펴진다. 솔방울을 차다가 내가 누군가를 촉촉하게 해 준 적이 있던가, 생각했다. 결론은 삐딱하게 내려졌다. 내가 굳이 누군가를 촉촉하게 해 줄 필요가 있나? 그렇더라도…… 한 번쯤은.

크리스마스 특판 매대에서 이틀간 일해 번 돈의 절반을 그곳에서 써 버렸다. 인센스, 실 팔찌, 은반지, 크리스털 볼, 키링 등등 잡다하고 귀여운 물건들을 평대에 진열해 놓고 무릎에 담요를 두르고서 핫팩을 쥔 채로 손님을 기다렸지만 아무도 오지 않았다. 불경기라 그런 거라고 수긍하면서도 부족한 판매 능력 탓인지도 모르겠다는 생각이 자꾸만 들었다. 담당자는 어차피 크리스마스 분위기를 내려고 설치한 매대니까 매출에 크게 신경 쓰지 않아도 된다고 말했다. 그 말을 듣자마자 묘하게 오기가 생겨 버렸다. 많이 팔고 말겠어. 나를 장식으로 취급한다는 생각에서 비롯된 의지였는데 결국 불황기의 영업이라는 건 의지만으론 되는 게 아니었다. 나는 매대를 지키며 번 돈으로 키링과 크리스털 볼, 헤어밴드와 실 팔찌 두 개를 샀다.

커다란 백팩을 멘 채로 자꾸만 벗겨지려는 비니를 재차 눌러쓰며 소솔을 뒤따라 걸었다. 비니는 내 머리보다 작았다. 그 탓인지 비니가 자꾸만 위로 뽑히듯이 서서히 벗겨졌고 나는 머리도 못 감았는데 환장하겠다, 날은 또 왜 이렇게 덥니, 이게 어떻게 연말 날씨야, 기후 위기가 심각하구나 등등의 말들을 늘어놓으며 걸음이 빠른 소솔을 따라잡으려 애썼다. 소솔은 들은 척도 안 하다가 대뜸 말했다. 나 오늘 술 못 마셔. 그게 무슨 소리야? 마시기 싫어. 그럼 내일 마실 거야? 내일도 안 마실 거야. 언니도 이제 술 좀 그만 마셔. 나는 세상 서운한 표정으로 걸음을 멈추고 소솔을 빤히 쳐다보았다. 동생이 남보다도 낯설어 보였다. 그럼 우리 지금 어디 가는 건데? 대답은 돌아오지 않았다. 유럽 여행비를 모은다더니 벌써부터 허리띠를 졸라매는 것 같았다.

소솔을 따라 여수 포차 거리를 벗어난 구역으로 향했다. 작고 허름한 단층 건물 안에 자리한 가게의 이름은 부두야식. 미닫이문을 열고 들어간 소솔은 문가에 자리 잡고 앉더니 다가오는 아주머니에게 해물라면 하나요, 라고 말했다. 내가 잘못 들은 건가? 분명히 두 개가 아니라 하나라고 말한 것 같은데. 그에 대해 항의하려는데 소솔이 여기 양 많아, 했다. 그러니까 하나 시켜서 나눠 먹자. 불 꺼진 난로를 가만히 바라보고 있는데 해물라면이 금방 나왔다. 소솔과 나는 말없이 라면을 나누어 먹었다. 라면이야 그냥 먹어도 맛있는데 해물까지 넣으니 당연히 맛이 더 좋았고, 나는 그릇을 들고 남은 국물까지 다 마셨다. 그러고 나서야 이건 좀 짠하다고 생각했다. 네 시간 동안 버스를 타고 서울에서 온 언니에게 밥 사 줄 돈 아끼는 동생이 얄밉기보다 짠했다. 라면을 다 먹고 나서 자리에서 곧바로 일어나려는 소솔을 붙잡아 앉혔다. 그리고 백팩을 열어 크리스마스 특판 매대에서 산 선물을 잔뜩 건네주었다. 키링과 크리스털 볼, 헤어밴드와 한 쌍의 실 팔찌. 소솔은 눈이 동그래져서 이게 다 뭐냐고 물었다. 선물이야. 내가 실 팔찌를 하나씩 나눠 갖자고 제안하자 소솔은 눈에 띄게 당황했다. 언니 혹시 외로워? 어, 나 외로워. 지체 없이 답하는 나를 보더니 소솔은 순순히 팔찌를 차 주었다. 내 손목에도 소솔의 팔찌와 디자인이 같고 색만 다른 팔찌가 채워졌다. 왜 외로운데? 소솔이 팔찌를 만지작거리며 물었다. 나는 어떻게 대답해야 할지 고민하다가 결국 아무런 말도 하지 못했다.

가게 밖으로 나와 걷다가 포차 거리의 인파를 목격했다. 부러움이 밀려왔다. 포차 안에서 소주를 마시는 사람들의 불콰해진 얼굴이 무척 진솔하고 아름다워 보였다. 그래, 저 느낌이지. 나는 소솔의 어깨를 붙잡고 취객처럼 실랑이를 벌였다. 그러지 말고 뭐 좀 마시자. 안 마신다니까. 그럼 옆에만 있어. 술집 가기 싫어. 술집 안 가. 그럼 어디 가게? 하는 표정으로 소솔이 나를 따라왔다. 나는 곧장 편의점으로 걸어 들어갔다. 음료 냉장고의 아랫단에서 여수막걸리를 집어 들고 계산하려는데 내 뒤에 서 있던 소솔이 아이스블라스트요, 하고 재빨리 말했다. 점원은 막걸리와 담배를 내 삼성페이로 같이 계산해 버렸다.

셔터가 내려진 건물 앞 계단에 앉아 막걸리를 병째로 마셨다. 소솔이 맛있냐고 물었다. 나는 탄산이 적고 부드러운 단맛이라며 상세한 평을 말해주었다. 그러자 소솔이 한 모금만 달라고 했다. 병을 건네줬더니 세 모금을 마셨다.

너 이제부터 나한테 언니라고 해.

선물도 잔뜩 줬는데 언니라는 말을 못 들어서 서운했다. 언니 같아야 언니라고 하지. 소솔이 어림도 없다는 듯이 말했다. 나는 언니 같은 게 뭐냐고 물었다. 소솔은 즉시 답했다. 고민 잘 들어 주고, 현명한 조언을 해 주고, 맛있는 것도 사 주고. 한마디로 기댈 수 있는 사람.

나 같은 사람이 언니라서 실망했어?

소솔은 대답 없이 막걸리를 더 마셨다. 등 뒤에서 웃음소리가 들려왔다. 돌아보니 어둠 속에 두 사람의 형체가 보였다. 아주머니 두 명이 난간에 걸터앉아 있었다. 한 사람은 귤을 열심히 깠다. 다른 사람은 가만히 앉아서 기다렸다. 깐 귤을 건네주며 아주머니가 말했다. 아나. 귤을 받으며 다른 아주머니가 말했다. 고맙데이. 나는 그들도 자매일지 궁금했다.

소솔아, 언니는 낡은 단어인가?

언니가 낡았다고?

됐다.

나는 고개를 저으며 막걸릿병을 건네받았다. 무게가 확 줄어들어 있었다. 소솔이 나보다 더 많이 마신 것 같았다. 나는 소솔을 흘겨보다가 왼손 약지에서 반짝거리는 걸 발견했다. 언놈일까. 궁금했지만 먼저 말할 때까지 모른 척해 주고 싶었다. 얘길 꺼내면 그때 언니로서 현명한 조언을 해 줘야지. 여행 같이 가면 어떻게 행동하는지 잘 살펴봐. 그게 본모습일 가능성이 높으니까. 피임 확실히 해라. 주기 계산해서 대충 하지 말고. 아이 있는 언니들 하는 말 들어 보면 배란은 예측 불가능한 거래. 아무 때나 임신이 막 된대. 나도 몰랐는데 너도 몰랐지? 그러니까 피임은 강력하게 해. 이처럼 언니라서 해 줄 수 있는 말을 잔뜩 해 줄 생각이었다.

소솔아, 너는 언제 나를 처음 언니라고 불렀지?

언니가 먼저 초경 했을 때.

와, 정확히 기억하네.

당연하지. 언니가 먼저 어른이 된 거 같아서 분했거든.

나는 소솔다운 답변에 웃고 말았다. 소솔의 말대로 언니들은 갑자기 어른이 되어 버린다. 내가 기억하는 최초의 언니인 정아 언니도 그랬다. 어릴 적 단짝 친구의 언니였고, 피부가 까무잡잡하고 다리가 길고 눈이 컸다. 언니는 우리와 허물없이 어울려 놀았는데 방학 기간 동안 친엄마 집에서 잠시 살고 오더니 갑자기 어른이 되어 동생들에게 잘해 주었다. 골목에서 함께 롤러스케이트를 탈 때면 언니가 우리의 손을 잡고 끌어 주었다. 나도 언니의 손을 잡고 쪼그려 앉아 언니가 달려가는 방향으로 끌려갔다. 여름이면 언니는 통이 넓고 짧은 반바지를 입었다. 언니 뒤에 쪼그려 붙어 앉으면 바지 속이 훤히 보였다. 곰돌이 무늬가 찍힌 낡은 면 팬티. 바지퉁 사이로 흘러나온 체취가 내 코에 닿았다. 햇볕에 말린 과일에 버터를 살짝 더한 향 같았다.

그러고 보니까…… 언니라는 말이 귀에 쏙 들어온 적이 있어. 무심하게 쓰는 말이었는데, 그 순간엔 좀 다르게 들리더라. 소솔은 내 말을 제대로 들었던 건지 뒤늦게 말했다. 얼마 전에 미용실에 갔거든. 다른 데보다 싸게 해 줘서 동네 아줌마들이 많이 가는 곳이야. 순서를 기다리면서 앉아 있는데 문이 열리더니 젊은 외국인 여성이 언니, 하고 반갑게 부르면서 들어왔어. 그 순간 소파에 앉아 있는 아줌마들이 죄다 그쪽으로 고개를 돌리면서 왔나, 하는 거야. 옆에 앉아 있던 나한테도 언니라고 한 것 같은 기분이 들었어.

내 동생도 누군가에겐 언니라고 생각하니 기분이 이상했다. 소솔이는 아마도 언니다운 언니가 될 수 있을 것 같았다. 뒤미처 이런 생각도 했다. 잊지 말고 담뱃값 받자.

*

단톡방에 뜬 진희 언니의 메시지를 보고서 놀란 사람은 나만이 아니었다. 약속 장소에 모인 지그, 번번, 깡총의 표정도 얼떨떨해 보였다. 우리는 언니에게 좋은 일이 생긴 거냐고 서로 물었다. 다들 모르겠다며 고개를 가로저었다. 지그는 연일 이어지는 야근, 번번은 숙취, 깡총은 대학원 입학에 반대하는 아버지 때문에 기분이 가라앉아 있었다. 언니는 약속 시간보다 늦게 나타났다. 내가 알아봐 둔 데가 있어. 유명한 곱창집이야. 언니의 말에 번번이 미간을 찡그렸다. 어제 먹은 술안주가 곱창이라고 했다. 고기를 먹지 않는 깡총은 어리둥절한 표정을 지었다. 언니는 그들을 못 본 체하며 앞장서 걸었다. 우리의 의사와 상관없이 그곳에 가고야 말겠다는 의지가 느껴졌다. 우리는 주방 집기와 중고 물품을 파는 골목을 지나 횡단보도를 건넜고, 작은 공업사가 즐비한 구역으로 들어섰다. 대부분의 가게가 문이 닫혀 있었다. 언니가 저기야, 하고 말하며 걸음을 멈추었다. 곱창 주세요. 간판에 쓰인 상호가 그랬다. 하단에 황토 곱창 전문점이라고 쓰여 있었다. 나는 간판을 가리키며 황토 곱창이 뭐냐고 물었다. 아무도 대답해 주지 않았다. 다들 지쳐 보였다. 점포 안으로 들어가 바깥이 잘 보이는 자리에 앉았다. 벽면에 낙서가 빼곡했다. 언니가 소금 곱창과 양념 곱창, 계란찜과 부추전을 시켰다. 나는 아주머니에게 황토 곱창이 뭔지 물었다. 황토 가마에서 초벌로 구운 거예요. 아주머니가 속사포 랩을 하듯이 말한 뒤 사라졌다.

요즘 어떻게 지내고 있느냐고 언니가 물었다. 나는 백수 생활을 접기 위해 이력서를 넣는 중이라고 말했다. 지극히 당연한 일을 하고 있다는 듯이 모두가 고개를 주억거렸다. 다들 나의 사회 복귀를 염려하고 있었던 눈치…… 같지는 않고 딱히 해 줄 말이 없어서 그런 것 같았다. 너무나 자명하고 사필귀정 같은 행동일 테니까. 언니는 네일숍을 차리기 위해 자금을 모으는 중이라고 했다. 지난주부터 지인이 운영하는 고깃집에 출근하고 있는데 홀과 주방을 종일 뛰어다니며 한 달에 350만 원을 받는다고, 1년간 그곳에서 일해 모은 돈으로 네일숍을 차릴 거라고 말했다.

지금 생각해 보면, 나는 카페를 하고 싶었던 게 아니라 여성들이 마음 편하게 머무를 수 있는 커뮤니티 같은 걸 만들고 싶었던 것 같아. 손님을 가리지 않고 다 받고 테이크아웃 위주로 장사해야 돈을 버는데. 망한 이유가 있는 거지.

우리는 아무런 대꾸도 하지 못했다. 우리 때문에 망한 것 같다는 말로 들렸다. 정적이 흐르는 테이블 위에 기본 안주가 빠른 속도로 차려졌다. 어묵탕, 번데기탕, 샐러드, 동치미. 우리는 눈을 동그랗게 떴다. 고물가 시대에 그토록 푸짐한 기본 안주는 보기 드문 것이었다. 기본 안주만으로 소주와 맥주 한 병을 비웠다. 숙취로 안색이 흙빛이던 번번의 얼굴이 술이 들어가자 도리어 밝아졌다. 진희 언니는 우리가 손대지 않은 번데기탕만 먹었다. 맛있는데 왜 안 먹니. 우리는 동시에 고개를 저었다. 그거 말고도 먹을 거 많은데. 새치름한 표정으로 말했지만 뒤늦게 곱창이나 번데기나 다를 게 없다는 생각이 들었다.

 기본 안주가 동날 때까지 곱창은 나오지 않았다. 원래 여기가 좀 늦게 나온대. 언니는 그렇게 말하며 우리의 표정을 살폈다. 주문한 지 35분이 넘어가고 있었으나 곱창은 코빼기도 볼 수 없었다. 나는 주방 쪽으로 눈길을 던졌다. 절대로 출입하지 마시오! 출입구 위에 써 붙여 놓은 종이가 눈에 들어왔다. 곱창을 너무 늦게 줘서 손님들이 주방으로 쳐들어갔는지도 몰랐다. 나도 자꾸만 주방을 주시하게 되었다. 도대체 우리의 곱창은 언제 나오는가. 주문한 지 40분이 지나자 지그와 깡총은 말없이 휴대폰만 들여다봤고, 번번은 턱을 괸 채로 눈을 감았다. 언니와 나는 주방을 노려보았다. 50분이 지났을 땐 별안간 마음의 평화가 찾아왔다. 미리 구워 놓으면 될 텐데 냄새나고 질겨진다는 이유로 자신의 요리 철학을 우직하게 고수하는 사장과 묵묵히 기다리며 황토 가마에서 초벌로 구운 곱창볶음이 나올 때까지 명상에 잠기는 손님들 모두 득도한 이들 같았다. 나는 가게 이름을 떠올렸다. 곱창 주세요. 아무래도 맨 앞에 '제발'을 추가해야 할 것 같았다. 제발 곱창 주세요. 언니에게 말했더니 맥없이 웃었다. 언니도 점점 지쳐 가는 게 보였다. 배고프냐고 묻자, 언니가 고개를 천천히 젓더니 우리를 둘러보며 말했다. 내가 그동안 너희들한테 밥 한 번 안 사 준 게 너무 미안했어. 나도 엔빵 하면서 마음이 좋았던 건 아니야. 그건 알아줬으면 좋겠어. 나 역류성식도염이 있어서 많이 먹지도 못하는데 너희들하고 늘 똑같이 냈잖아. 미안해서 그랬던 거야.

언니의 말에 지그와 깡총이 휴대폰을 슬며시 내려놓았다. 우리는 거의 확신했다. 들었구나. 우리가 엔빵 언니라고 놀리는 걸 들었어. 우리는 서로 눈빛을 교환했다. 어떻게 들었을까. 그날 계단을 내려오며 너무 큰 소리로 흉봤나. 만일 창문이 열려 있었다면 언니가 우리 대화를 들었을 수도 있다. 게다가 나는 언니의 지인들을 만났을 때 동생이라고 얻어먹기만 하는 언니를 보고서 놀란 표정을 숨기지 못하기도 했다. 그렇게 표나게 하지 말걸. 그런데 역류성식도염이 있다는 사람이 술을 저렇게 퍼마셔도 되나? 많이 먹지 못했다는 말 역시 수긍할 수 없었지만, 나는 미안해하는 표정을 지었다. 그러다 괜히 다 식어 버린 번데기탕을 떠먹었다. 맛있네. 간이 딱 맞아. 언니가 맞아, 놀라워, 했다. 아주머니가 우리

자리를 향해 구원의 철판을 들고 다가왔다. 테이블엔 부자연스러운 활기가 돌았다. 먹고 마시는 향연이 다급하게 시작되었다. 언니의 마음을 의식해서 그랬는지 우리는 평소보다 더 많이 먹고 잘 마셨다. 맛있다. 정말 맛있네. 여기 내 인생 곱창. 연이어 나온 부추전을 먹던 깡총이 부추전 되게 바삭해, 했다. 우리는 빠른 속도로 술을 마셨고 천천히 취해 갔다. 언니가 그윽해진 눈빛으로 우리에게 말했다.

내가 너희들한테 밥을 한번 사 주려고 했는데 고민만 하다가 시간이 많이 흘렀어. 너희도 알지? 그 사이 물가가 확 오른 거. 대출 금리도 많이 올랐고. 그래도 한 번은 사 줄 수도 있었지. 근데 우리는 늘 다섯 명이서 만나잖아. 한두 명이면 사 줄 수도 있는데 나까지 다섯이잖아. 부담스럽지. 그리고 너희들은 분위기 좋은 데만 가잖아. 지난번에 갔던 이자카야도 안주는 눈곱만치 주면서 더럽게 비싸더라. 사실 나는 그런 데 별로 안 좋아해. 너희들이 좋아해서 맞춰 준 거야. 많이 먹어. 저렴하고 맛있는 집들 중에서도 화장실까지 깨끗한 집 찾으려고 내가 고생 좀 했어.

우리는 언니의 눈치를 살피느라 그때부터 많이 먹지 못했다. 추가 주문은 없었다. 언니가 우리에게 서운함을 느꼈다는 걸 명백히 알 수 있는 자리였다. 엔빵 언니라고 놀리는 걸

들은 게 분명했다. 나는 그날 술집 계단을 내려오면서 나중에 언니가 결혼하면 축의금을 엔빵으로 내자는 농담을 던졌던 사람이 나라는 걸 깨닫고 얼굴이 확 붉어졌다.

언니, 요즘 같은 불경기에 더치페이는 매너지. 우리는 그런 거 신경 안 써. 지그의 말에 번번과 깡총도 고개를 끄덕였다. 언니는 아무런 대답도 하지 않다가 소주 한 잔을 원샷하고 나서 말했다. 매번 느끼는 거지만 너희들은 참 공정해. 그래서 동생이기보다 친구 같을 때가 더 많아. 근데 내가 아는 언니들은 공정보다 인정 쪽이거든. 더치페이 하자고 하면 버럭 화를 내. 진짜 촌스럽지. 안 그래?

다들 애매한 고갯짓으로 동의를 표했다. 더치페이라는 단어는 앞으로도 인기가 많겠구나. 나는 뜬금없게도 그런 생각을 했다. 고물가가 지속되고 있기에 높은 빈도수로 사용되더라도 언제나 환영받을 수 있는 단어일 것이다. 페미, 언니, 더치페이. 뜻이 오염되거나 더 넓은 뜻을 품고 확장되거나 시대의 흐름을 타고 빛을 내며 부상하는 단어들. 나는 벽면에 빼곡히 적힌 낙서로 무심결에 눈길을 주다가 '사랑의 스파이'라는 글귀를 보았다. 도대체 언제 쓴 낙서일까. 1970년대? 만일 며칠 전에 쓴 것이라면 그 사람과 꼭 대화해 보고 싶었다. 도대체 왜 스파이야. 왜 그렇게 은밀해. 어떤 사랑을 하고 있길래. 빨리 중계해 봐. 내 말에 모두가 실소했다. 굳어 있던 분위기가 조금 풀렸다.

근데 너희는 나를 왜 만나? 이젠 가게도 없는데.

갑자기 언니가 물었다.

언니는 우리를 왜 만나? 이젠 가게도 없는데.

언니는 대답 없이 쓸쓸한 미소만 지었다. 우리도 낙서할까? 깡총이 건넨 펜을 받아 쥔 언니가 고심 끝에 손을 움직였다.

사랑하는 사람들과 함께할 수 있어서 행복했습니다.

우리는 언니가 쓴 문장을 물끄러미 보았다. 아무도 촌스럽다고 말하지 않았다. 나는 '합니다'와 '했습니다'의 차이를 자꾸만 생각했다.

언니의 카페를 구심점으로 모였던 우리의 연결성은 카페가 사라지고 나자 미약해졌다. 혈연이나 학연, 지연, 업무 등으로 얽힌 것도 아니니 언제든 멀어지더라도 이상하지 않은 관계였으나 바로 그런 이유로 우리의 만남은 유지되고 있는 것인지도 몰랐다. 멀어질 이유만 있을 뿐 가까워질 이유는 도무지 찾을 수 없기에. 언제든 누구 한 사람이 손을 놓으면 그것으로 마지막이 되리라는 걸 우린 모두 알고 있었다.

시내버스의 뒤쪽 자리에 진희 언니와 나란히 앉았다. 다섯 명 가운데 우리만 버스를 타고 귀가하던 중이었다. 대교 위를 지날 때 창가에 앉은 언니가 놀란 소리를 내며 바깥을 가리켰다. 얼른 그쪽으로 고개를 돌렸지만 별다른 건 발견할 수 없었다.

뭐가 있었어?

저기 중앙 분리대 사이로…… 빠져나가려는 비니루 뭉치.

비닐 뭉치?

응. 꼭 나 같다. 반대 방향으로 가고 싶은데 유턴 지점까지 갈 힘이 없는 거지. 그래서 도중에 빠져나가려고 하지만 반대편에서 달려오는 차에 곧 치이고 말 거야.

나는 언니의 말이 너무 신경 쓰여서 물었다. 언니 무슨 일 있어?

아니. 없어.

한 잔 더 하고 들어갈래?

그냥 집에 갈래.

내가 사 줄게.

됐어. 오늘은 내가 사 준 날로 기억해 줘.

나는 울상을 지으며 웃었다. 우리의 마음은 그런 것이 아니었는데……. 언니를 곤란하게 할 생각은 없었다. 웃자고 한 말이지 정말로 서운해서 그런 건 아니었다. 우리는 언니가 카운터를 지키다가 우리를 볼 때마다 환하게 반겨 주었던 것을 아직까지 기억하고 있었다. 그런 미소는 꾸며서 나올 수가 없다. 그토록 나를 환대해 주는 공간이라면 종종 들를 수밖에 없겠다고, 언니와 시시콜콜한 얘기나 하겠지만 그런 게 꼭 필요한 때가 있다고 생각했다. 이제 와서 우리는 언니에게 쩨쩨하게 군 것 같아 마음이 좋지 않았고, 언니의 콤플렉스를 알아보지 못한 것이 미안했다. 언니는 우리의 약점을 정면에서 찌른 적이 한 번도 없는데 우리는 왜 그랬을까. 일부러 그런 건 아니야, 언니. 정말 몰랐어. 언니가 맨날 웃고 다녀서 우리에게 미안함을 느끼고 있을 거라곤 전혀 생각하지 못했어. 하지만…… 지난번에 언니가 잠깐 자리를 비웠을 때 우리가 나눴던 이야기는 언니가 끝까지 몰랐으면 했다. 10년 뒤 어떤 모습일지 얘기하며 우리는 언니처럼 되고 싶지 않다고 말했다. 그 나이에도 어떤 일을 해야 할지 몰라 고민하고, 방황하고, 동생들에게 맘 편히 밥 한번 사 주지 못하는 처지가 되고 싶진 않다고. 장사를 그렇게 자신감 없는 태도로, 편한 손님만 골라 받으며, 페미냐는 질문에 머뭇거리며 대답하지 못하고, 현실적인 문제는 나 몰라라 하듯이 사는 건 언니답지 않고 어른답지도 않다고. 우리는 그런 말을 하면서 아무도 웃지 않았다. 그건 농담이 아니었다. 뒷담화라고 생각하지도 않았다. 우리는 진실을 말하고 있다고 믿었다.

나는 언니에게 할 수 없는 말들을 마음속 깊은 곳에 파묻었다. 그러곤 엉뚱한 얘기를 꺼냈다.

언니, 내가 어제 편의점에 갔는데, 내 또래 여자가 술을 고르고 있더라고. 커다란 진 있잖아. 700밀리짜리. 그걸 안아 들고 카운터로 가더라. 근데 카운터를 지키던 할아버지가 그게 뭔지 몰랐나 봐. 바코드를 찍다가 이게 뭐예요? 하고 물었어. 여자가 진이에요, 대답하니까 할아버지가 뭐랬게.

뭐랬는데.

진희? 이게 진희야?

언니가 큰소리로 웃었다. 버스가 우회전하면서 진희 언니의 몸이 내 쪽으로 쏠렸다. 나는 언니의 몸을 받쳐 주었다. 옆자리에 나란히 앉으니 저절로 그렇게 되었다. 언니가 기울어지면 지그시 밀어주겠다는 마음, 번번이 그러겠다는 결심, 손잡고 깡충 뛰어가겠다는 자세를 갖게 되었다. 아마도 어느 시기까지는 그렇게 할 것이다.

나는 문득 궁금했다. 진희 언니는 나를 스쳐 간 언니들 중

한 명이 될까 아니면 내게 큰 영향을 미친 언니가 될까.

　나보다 먼저 내리는 언니가 하차벨을 누르더니 주머니에서 카드를 꺼내 손에 쥐었다. 언니에게 대신 태그해 줄 테니 카드를 달라고 말했다. 나는 그런 챙김이 좋았다. 특별히 큰 이득을 얻는 것도 아니고 손해를 보는 것도 아닌 선에서 서로 베풀고 받는 작은 챙김이. 그런 것이라면 얼마든지 할 수 있었다. 그런데 언니가 괜찮다며 손을 저었다. 어려운 것도 아닌데, 뭘. 나는 팔을 뻗어 단말기에 언니의 카드를 태그해 주었다. 언니가 주머니에서 버터 스카치 캔디를 꺼내더니 내 손에 쥐여 주며 말했다. 아나.

　버스가 코너를 돌아 정류장을 향해 달려갔다. 손잡이를 잡고서 흔들리는 몸을 지탱하고 서 있던 언니가 한 손을 내게로 뻗어 볼을 감싸더니 말했다. 잊지 마. 언니는 웃지 않았다. 작별 인사 없이 버스에서 내리더니 어느 곳도 돌아보지 않고 앞만 보며 걸어갔다.

　나는 언니가 준 캔디를 입속에 넣었다. 진한 버터 향이 어느 한 시절에 대한 그리움을 몰고 왔다.

| 작가의 말 |

 어느 한 시절을 함께했던 여성들이 꿈에 나와 마치 전날에도 만났던 것처럼 친근하게 행동했다. 그러면 나는 우리가 언제 어떤 방식으로 멀어졌는지 까맣게 잊고서 그들과 어울려 재미있게 놀 궁리만 했다. 물론 꿈에서 깨어나면 이젠 연락도 닿지 않는 이들이 꿈에 나타난 것이 어떤 의미인지 곰곰이 생각해 봤고, 그리워하는 걸까? 그럴 리가 없지. 그 시절과 그 사람을 잊고서도 잘만 살았는데.

 돌아보면 모두 어느 한 시절에 불과하다고 생각하곤 했지만, 꿈속에서 나는 시간의 간극을 잊고 그들과 한없이 친밀해졌다. 저절로 다정해졌다. 꿈은 인과적인 시간이 사라지는 공간이라는 걸 알면서도 여러 시절이 겹쳐서 내 앞에 하나의 시간으로 펼쳐지는 광경은 무척 경이롭다. 무엇도 연연하지 말고 살자는 마음은 그런 꿈을 꾸고 나면 제법 희미해진다.

사실 잊히는 것은 없는지도 모른다. 나를 형성하는 결정적인 것은 그런 일들인지도 모른다.

특종이다. 이건 진짜 특종이라고.

특종이라고 하니까 무슨 남파 간첩 속사정, 독재정권의 미국 배후설 이런 거라고 생각하겠지만, 물론 전부 다 아니다. 그런 거는 전남일보나 부산일보 이런 데서 해야지. 아무려면 그런 데는 이 전라도에서, 경상도에서 그래도 메이저 신문사니까 말이다. 그러니까 그런 곳들은 매번 수난도 겪는다. 1980년에 나라에서 군인들을 보내서 죄다 뒤집어놨다지 않든가, 거기 다니는 기자들이 연합을 해가지고 언론 자유인가 그런 말을 했다고 아주 빨갱이라고 두들겨 패댔다지. 웬 자기네 부장님 욕해놓은 종이 쪼가리를 가져다가 그놈의 군인 놈 욕한 거 아니냐고 사람을 반쯤 죽여놨다고도 들었다. 농사철 모내기 사진 찍어놓은 걸 두고 대체 농기계 자국에 깔린 신문 사진은 무슨 의미로 찍어놨냐고 그랬다지? 솔직히 저놈들이야말로 비평가가 따로 없다. 남들 생각하지 못한 작품의 의미를 부여하니까. 그런데 그런 거는 있다. 그런 것도 이름이 알려진 데나 가능하다는 거다. 그러니까 영화 주인공이 항상 수난에 걸려드는 것처럼, 그런데 알고 보면 그것도 주인공이나 가능한 것처럼. 그에 비해 나 김이선이가 다니는 곳은 어떠한가. 전라도 지역 유일의 농민과 여성을 대표한다는 독립농민여성신문은?

독립여성농민신문.

일단 좋다는 건 다 갖다 붙였다. 독립, 여성, 농민, 신문. 이 좋다는 건 이 사회에서 좋다는 게 아니고 운동하는 데서 좋다는 건 다 붙였다는 거다. 이른바 본인들이 진보라고 주장하는 남자들이 생각하기에 그럴싸한 거. 이거에서부터 알겠지만 그니까 실제로는 좋은 게 없다. 자칭 진보주의자 남성이 만들었다는 것에서 감이 올 수도 있는데 실제 여성도 농민도 있는지 잘 모를 일이다. 솔직히 이 말을 하는 김이선이도 사실 처음엔 저 이름에 혹해서 지원한 게 맞았다. 사람 속 마음도 믿을 게 못 되지만 이름도 썩 믿을 것은 못 되나 보다. 하지만 사람이 역시 몰라서 사기를 당하는 건 아닌 거 같다.

김이선도 솔직히 이 신문사 면접 첫날 사실 이미 알아봤다.

아, 그니까. 대학을 나왔다고요?

아…… 저 조선대를 붙었는데요, 그게 집안이 좀 어렵고 또 거기가 아시다시피 사학 비리로 70년대에 난리가 나기도 했고……. 그래서 제가…….

아니, 그래서 조선대가 아니라는 거죠?

에? 네. 부, 붙긴 진짜 붙었어요. 집에 합격증도 있어요! 근데…….

오케이, 아주 좋아. 고졸.

네? 아…… 고졸. 네.

자, 그러면 이제 보자. 원래 꿈이 기자였다고?

네, 저는 농업고등학교 시절에도 신문부에서 기자를 담당했고요. 애당초 국어국문학과를 진학해서…….

농고에서 무슨 기사를 썼어요? 농업의 미래? 우리 동네 특산물?

아. 제가 거기 첨부해놨는데요. 제가 쓴 기사는 농촌 여성의 현실에 대해 썼어요. 다들 쉬쉬하는 농촌 여성들이 다방 레지나 섬으로 팔려가는…….

근데 이런 거는 전남일보나 광주일보 이런 데서 해야지. 부산일보나.

네?

그 사람들은 그런 거 좋아하지. 우리는 좀 뭐랄까. 아, 이건 딱 재미가 없다.

이선은 그때 눈치를 좀 챘다. 아니, 확실하게 알았다. 분명 할머니가 쎄한 것을 봤을 때는 신발도 신지 말고 도망치라고 했는데 말이다. 하지만 돈 없고 줄 없는 사람들은 쎄한 걸 보고도 바로 뒤돌아 못 간다. 그래서 영화에서도 제일 못난 인간이 제일 먼저 죽는 거다. 눈앞에 있는 거 아까워서 하나라도 더 쥐어보려고 하다가.

우리는 봐요. 좀 같은 기사라도 딱 이 다방 팔려간 거. 이거 이제 이 사람들 슬픈 이야기. 그런 거 써야죠…? 그 뭐라고 해야 하나. 예전에 그 영화 있었잖아, 왜. 별들의 고향인가, 뭔가. 그 손님하고 이뤄지지 못하고 결국 안타깝게 가버리는 사랑. 이런 거 좋지.

아? 언제적 영화지, 그게? 이선은 우선 그 영화를 처음 봤을 때를 떠올렸다. 고모가 시집가기 전이었구나. 그때 할머니 몰래 어떤 남자 만나러 나가려고 이선을 데리고 나갔던 날. 공연히 이선까지 떠밀려 영화관에 들어갔던 그때. 일단 그때가 그럼 대체 언제야…… 아무튼.

이선은 그 영화를 보고 어떤 생각을 했든가. 공연히 불쌍

한 여자가 죽었고 남자는 사기꾼이나 다름없는데 여자에 대한 애틋한 마음 하나 품었다고 무슨 신문에서는 이 세상에 없는 환상적 남자가 되어 있었다. 그래도 면접이니 진심을 말할 순 없었다.

우린 돈이 없잖아. 아니 뭐 근데 그런 좋은 신문사 갈라면 서울대는 못 나와도 전남대는 나와야지. 더구나 여자는 시집 가면 못 하는데 뭘.

아, 저는 오래 다닐 수 있습니다.

그래요? 그럼 일단 보자. 집에 신문은 구독하시고?

이선은 그게 무슨 말인지도 몰랐다. 월급에 일부를 신문 구독료로 서명하고 나서야 자신이 엎어쓰기라는 걸 당했다는 걸 깨달았다. 그래놓고 기자 계약은 3개월 단위로 나눠서 새로 갱신해야 한다는 것은 속된 말로 요새는 공장에서나 하는 말도 안 되는 계약이라는 것도 한참이나 지나서야 알았다. 그 잘난 독립여성농민신문의 이 남자 대표는 서울서 시위를 한 건 맞는데 한두 번인가 하다가 무서워서 군대로 튄 사람이라는 것도 나중에서야 알았다. 그것도 그 인간이 자주 가는 다방 레지들에게서 들은 거다. 슬픈 일인지 아니면 이게 현실인지 그래도 이 전라도 시골 바닥에서 이 신문사는 아주 잘 먹히는 장사였다. 농민이든 여성이든 우리 말 들어

주는 사람 없으니 이 신문 이름만 봐도 아주 혹하는 거다. 뭐, 이선처럼.

언니, 그니까 그래도 우리 언니야는 야망이 있다는 거지, 야망. 꿈도 아니고 사랑도 아니고 야망 말이야.

야망? 그런 단어를 실제 들어본 건 처음이었다. 드라마에서나 봤지. 야망이고 사랑이고, 일단 이선은 진로 소주가 진짜 싫었다. 사람들은 이것을 뭔 맛으로 먹는지. 그래도 이선은 그놈의 기자 일하면서 지기 싫어서 마시는 연습을 했다. 처음엔 눈앞에서 세상의 앞뒤가 바뀌는 것처럼 어지럽고 숨만 쉬어도 코에서 병원 쓰레기장 냄새가 났는데 자주 하다보니까 그 정도는 아니었다. 그래도 이걸 자기 돈 내고 먹으라면 싫었다. 그런데 그 마음은 알겠다 싶었다. 마음이 저렇게 동하는 질문을 들으면 다른 술이 아닌 소주를 들이켜고 싶다는 마음. 이선은 사쿠라다방 미쓰 윤의 말에 앞에 놓인 소주부터 한 잔 비웠다. 어매, 이 언니야가 오늘 왜 그란데. 맨날 이 소독약 냄새 싫다 캤으면서. 그러면서도 미쓰 윤은 물도 가져다주고 라면도 하나 끓여줄 거냐고 물어본다. 미쓰 윤은 알까. 사실 이선이 아무리 자기 처지가 기가 막혀도 미쓰 윤을 보면 된소리가 쏙 들어간다는 걸 말이다. 이 사쿠라다방도 사장의 거래처 중의 하나였다. 미쓰 윤 전에도 많은 미쓰들이 여기 있었다. 그러고보니 이름도 몰랐다. 이선이 명함이라고 내밀면 여자 기자도 있어요? 하면서 반색들을 하곤 했다. 멋지다고 추켜세워주고. 그러다가 갑자기 또 사라지고 다른 미쓰가 등장했다. 사장이랑 호형호제한다는 다방 사장 말로는 맨날 미쓰들이 돈 들고 튀었다고 하는데 막상 다방은 오히려 아주 잘 굴러가는 것처럼 보였다. 어디 팔아버린 건 아니겠지, 이선은 그런 생각만 했다. 미쓰 윤은 이선이 본 사쿠라다방 미쓰들 중에서도 가장 앳된 얼굴이었다. 미쓰 윤은 고향이 대체 어딜까. 이선이 보기에 미쓰 윤은 경상도 사투리도 아닌 것이 전라도 사투리도 아닌 게 오묘했다. 둘 다 쓰긴 하지만 이선이 듣기엔 반쯤 모자라다. 경상도 말도 전라도 말처럼 세기는 마찬가지니까 어느 한쪽이면 단박에 티 날 텐데 그것도 아니고. 어디 강원도쯤일까. 근데 이선은 강원도 끝자락도 가본 적이 없다. 도로를 열 시간이나 타야 갈 수 있는 곳이 강원도고 거긴 북한 놈들이 시시때때로 나온다니 무섭기도 했다. 아무튼, 미쓰 윤은 딱 보기에 고등학교를 이제 막 졸업한 이선의 막냇동생과 엇비슷한 나이처럼 보인다. 어쩌다 여기에. 그런데 이런 마음을 먹는 것이 별로라는 것쯤은 이제 이선도 안다. 미쓰들을 볼 때마다 그랬지만 한 번도 실질적인 도움을 줘본 적 없는 이선 아니냐 말이다.

네, 미쓰 윤. 그래요, 원래 진짜 기자가 되고 싶었으니까요. 현장에 뛰어나가고. 특종 잡으러 다니고. 이렇게 다방들 신문 구독하라고 돈 뜯는 기자 말고요

뒷이야기는 쏙 들어가고 안 했다. 기분 나쁠까 봐 그랬는데 미쓰 윤은 그 말에도 그저 싱글싱글이다. 웃는 미쓰 윤의 덧니가 귀엽게 느껴진다.

언니야, 그래, 내는 다 안다. 저기 농약 할배가 그러대. 우리 언니야가 고등학교 다닐 때만 해도 언니야 동네에서 아주 유명 작가 될 기라고 말이 자자했다 하대. 어른들이 그라는 거 내가 다 들어부렀다. 근데 언니야 너 너무 그라지 마라. 우리 언니야는 내가 보기에 완전히 멋지다. 나는 세상이 온통 남자 기자 뿐인 줄 알았는디 언니야 같은 사람 있으니께 나 같은 사람이 얼매나 맘이 좋은지 모른다. 내는 어매는 없어도 이렇게 야망 있는 언니야는 있다 아이가. 저 텔레비전 속 드라마 사랑과 야망도 참말 좋지만, 우리 언니의 야망도 내는 너무 좋다 아이가.

이선은 미쓰 윤의 말에 얕게 한숨을 내쉬었다. 그래, 이선도 그 드라마 참 좋아했다. 사랑과 야망. 아무튼 그 드라마 작가의 여주인공들은 할 말 다 하고 너무나 멋있으니까. 이선

자신도 정말 그 드라마 작가처럼, 미쓰 윤 같은 사람들 이야기도 따박따박 쓸 수 있다면 좋겠지만. 사장은 다방에서 약속을 많이 잡아주고 그 대가로 신문 구독을 많이 시켰다. 돈 걷어오는 건 이선의 몫이었다. 사실 다른 기자들은 며칠을 못 버티고 나갔으니 그나마 사장이 믿을만한 노예는 이선일 거였다. 다 이름 보고 지원한 기자들이다. 이선처럼. 다만 그들은 이선과 달리 갈 곳이 있었고 이미 이놈의 신문사에서 6년을 묵은 이선은 아무 데도 갈 데가 없었다. 이십 대 후반이었다. 동창들은 전부 시집가서 애를 둘 셋씩 낳았다고 난리였다. 차라리 그사이에 얼른 그만두고 야간 대학이라도 다녔으면 달랐을까. 사람들은 이제 이선에게 더 늦어 값 더 떨어지기 전에 시집이나 가라고 한다. 니가 갈 곳은 부모님 집도 니 자췻집도 아닌 시집이라고. 심지어 부모님조차도 그런다. 그러면서 나이가 벌써 서른이니 이미 한 번 다녀온 자리도 감지덕지가 아니냐고까지. 한번은 그런 일도 있었다. 한번 다녀왔다길래 장가 다녀온 줄 알았더니 감방이었다. 주선자에게 소리소리 질렀건만 부모라는 사람들조차 저랬다. 이선이 벌어다 준 돈 아니었으면 줄줄이 뽑아 놓은 자식들 굶길 판이었으면서 말이다. 이선은 그 집도 시집도 절대 가기 싫었다. 그들처럼 될 게 뻔하니까. 결국 6년째 제자리걸음이었고 이제는 기자가 아닌 수금원이 따로 없다. 그런데 어느 날엔가, 그러니까 또 이선이 못 먹는 진로소주인가 잎새주인가를 들이켜고 있었을 때였다. 미쓰 윤은 주변을 둘러보더니 사쿠라다방 냅킨에 뭔가를 싸서 내민다. 처음 이선은 사장 놈이 무슨 외상을 했나 싶었는데 그게 아니었다.

신안 염전 조선족 여성 노동자 월급 못 받고 사장한테 얻어맞음

처음에 미쓰 윤이 전해준 쪽지였다. 저게 시작이었다. 같은 전라도라도 동쪽 끝에 경상남도랑 면하고 있는 곡성, 구례, 순천은 동부 내륙이라 도리어 경상도 사람들하고 더 친한 동네였다. 사실 5월 광주에서 그 난리가 났어도 사람들은 뉴스를 보기 전엔 그걸 전혀 몰랐다. 그러다 보니 광주 넘어 서쪽 바닷가는 동쪽 입장에서는 거의 남의 동네였다. 동쪽에 사는 어르신들 중에서는 서쪽 바닷가는 깡패 동네라고까지 하면서 가볼 엄두도 내지 말라고 하는 분들도 계셨다. 하지만 미쓰 윤이 건넨 쪽지는 멈춰있던 이선의 마음에 불을 질렀다. 사장한테는 자극적인 제목 한 번 뽑아볼 테니 출장 좀 다녀오겠다고 그랬다. 어차피 사장은 언제부터인가 자식 공

부시킨다고 서울 가더니 이 신문사엔 아예 발걸음을 끊은 참이었다. 일단 사장은 '자극'만 있으면 되는 사람이었으니까. 그놈의 총각 마음 설레게 하는 불행한 여자 서사. 하긴, 〈별들의 고향〉 그 영화 인기 끌었을 때 온갖 남자들이 자기가 다니는 술집에서 여자들한테 그 이름을 붙여서 불렀다지. 그때는 사장의 그런 심리를 이용해서라도 한번 가보고 싶었다. 그런 마음이 들다 보니 처음엔 대체 미쓰 윤이 어디서 그런 이야기를 들었는지 물어볼 새도 없었다. 언니야, 내는 말이지, 친구들이 언니야맨키로 글 쓰는 사람이 아니다. 다 여기저기로 팔려갔지.

이선도 그런 미쓰 윤의 눈을 보니 더는 물어보지 못했다. 비록 기사는 못 썼어도 그 염전 사장 놈한테 기자라고 엄포 놓고 돈을 받고 난 날이었을 거다. 이선은 8년 기자 생활 처음으로 자신이 진짜 기자가 된 기분을 느꼈다. 항상 자취방 서랍 속 깊이 담아두고 다니던 80년 그날 전남일보 기자들이 썼다던 「기자선언서」를 꺼내 읽어보기도 했다. 이선은 곰곰이 생각하다 그 사장 놈에게 받은 돈 일부를 떼서 봉투에 잘 넣었다. 겉봉에 반듯한 글씨로 썼다.

'사건 사고 제보 사례금'

그 돈을 내밀고 얼마 되지 않은 저녁이었다. 사무실에서 선풍기를 몰래 쐴 요량으로 야근을 하던 이선을 찾아온 미쓰 윤은 별안간 쉿 하더니 커피 통 한 가득 무슨 와인이라는 술을 담아가지고 와서 커피잔 가득 따라주었다. 내 보기에 우리 언니야는 입맛이 아주 고급이다. 미쓰 윤의 말에 의하면 그 술은 마산 항구에 가면 홍콩이란데서 오는 손님들이 많은 술집이 있는데서 구했단다. 거기서 일하는 지 친구가 준 술이라나. 이거는 미국 놈들도 아닌 프랑스 사람들이 먹는 술이란다.

언니야, 이제 우리는 이거 마셨으니까 우리는 진짜 언니, 동생이다. 알았제. 우리 사이에는 피보다 진득한 의리가 있다.

무슨 소린가 했더니 자기가 교회를 다녔다면서 예수님 포도주 소리까지 거슬러간다. 난 불콘데……. 이선은 생각했지만 나쁘지 않은 의리 맹세라고 생각했다. 사장을 믿느니 미쓰 윤을 믿는 게 훨씬 나아 보였다. 사장이 취재해오라는 무슨 어르신 예순 잔치보다 낫지 않느냐 말이다. 그렇게 그때부터 시작이었다. 이선도 남는 출장비가 있으면 미쓰 윤에게 살짝 찔러 주기 시작했다. 다들 롤러장 같은 데를 다닐 나이 아닌가. 세상은 88올림픽인가 뭔가를 한다고 들썩이는데 젊은 나이에 시골 다방에서 저러고 있는 것이 안쓰러워 조금 더 넣을 때도 있었다. 아무래도 돈이 들어가니까 미쓰 윤도 더 분발하는지 정말 별의별 여자들의 사연을 물어왔다. 광주 여성노동자 독서모임 와해 시도, 여수 염색공장 여공 폭행, 보성 손녀뻘 되는 부인이 아들 못 낳았다고 폭행……. 세상에 못난 부자와 남자 놈들의 수가 늘어나는 만큼 가난하고 짠한 여자들 슬픈 사연은 참 끝도 없이 넘쳐났다. 같은 여자라도 도시 사는 배운 여자들의 삶과 시골서 제대로 대접 못 받은 여자들의 삶은 참 달랐다. 서울에도 사건 사고가 많아서 이런 이야기는 뉴스에 안 나온 걸까. 시골로 갈수록 아무도 모르게 죽어가는 여자들은 많을 것 같았다. 특히나 미쓰 윤 같은 여자들 주변엔 더욱더. 그런데 미쓰 윤도 그 일을 하다 보니 꾀가 생겼는지 점점 더 놀라운 사건을 이야기해주기 시작했다. 그러니까, 특종이다라는 말이 절로 나오던 그 날 말이다.

그러니까, 80년 그날에 실종된 여기자가 있다는 거예요? 근데 그 여자가 무슨 연구. 그니까 소설도 쓰고 뭐 그랬다는 거예요?

언니야, 내 정보력 모르나.

아니, 미쓰 윤을 못 믿는다는 게 아니고요, 믿으니까 더 믿기지 않아서 그래요.

언니야, 아직도 언니야는 먹물이다. 참 생각이 곱다.

그래도 그때까지 미쓰 윤이 물어다 준 이야기의 주인공들은 생사가 확실한 인물들이었다. 물론 다들 심각하고 무서운 상황이었지만 그래도 이선이 기자라고 들이밀고 겁 좀 주면 해결될 만한 사건들이었단 뜻이다. 그게 아니라도 경찰서 형사과에 박카스 좀 들고 들어가서 부탁하면 그만일 일들. 그런데 80년 그날 실종된 거라면……. 이거 상황이 좀 다른 거 아닌가? 그럼 그 여기자는 대체 어디로 갔단 말인가.

그 여기자는 어떻게 된 거래요? 그런 이야기도 들었어요?

언니야. 언니야는 80년에 광주에서 무슨 일 있었는지 아나 모르나?

알지, 이선도 이젠 알았다. 이선이 광주로 넘어온 건 85년. 자취방은 도청이랑 지척인 장동이었다. 조선대랑 도청의 딱 중간 근처라 월세방, 자취방이 많은 곳이었다. 도청 다니는 사람들도 많이 산다고 그랬다. 그들은 처음엔 이선에게조차 그날의 일을 말하지 않았지만, 시간이 지날수록 막걸리의 힘을 빌리고 잎새주의 힘을 빌려 이야기했다. 솔직히 실제로 보지 않았기에 도저히 믿기 어려운 내용도 많았다. 사람이 전쟁 때보다 더 죽었다니께. 이런 말도 처음엔 못 믿었다. 이선의 고향은 순천과 구례 사이에 끼인 동네라 진짜 고요 그 자체라 더 그랬다. 매해 광주에서 통곡 소리를 듣고 나서야 이게 보통 일이 아니었구나 싶었지만…….

그러니까 더 걱정이잖아요! 여기자 어디 갔냐고요!

이선은 괜히 미쓰 윤에게 소리를 질렀다고 생각했지만 미쓰 윤은 싱글싱글 웃더니 그렇게 말했다.

언니야, 내가 고향이 어딘지 아나.

어딘데요? 여기서 가까워요? 아니면 광주서 가까워요?

아니다. 내는 저 우에 파주라고 있다. 북한이랑 딱 달라붙은 데다.

파주요?

그래, 두 번 말해줘야겠나. 하긴, 내도 여기 오기 전까지는 전라도는 다 빨갱이고 광주 뿐인 줄 알았다.

그래요?

그래. 파주는 미군이 어마무시하게 많다. 그리고 나 같은 여자들 겁나게 많다. 거기는 막 들판에 여자를 엎어뜨리고 미군이 하고 그런 데다.

이선은 자신이 당한 일도 아닌데 두려움이 목이 잠길 정도였다. 혹시 미쓰 윤도 그런 일을 당한 것이 아닌지 공연히 걱정이 다 되었다.

뭐, 영화에서는 막 멋지게 보여주제, 그런 것을 다. 아니다. 여자들 막 죽어도 모르는 데다. 거기서 내 친구 한 명도 미군 만나 살았는데 그 미군이 그랬단다.

아. 그 여기자요?

이선은 그때까지 미쓰 윤이 걱정스러워 이리저리 살피느라 정작 이야기보다는 다른 데 신경이 더 많이 가는 기분이었다. 이선도 대접받고 살았다고는 말 못 한다. 인문계 고등학교로 진학하고 싶었는데 농고를 가야 한다고 해서 거길 갔었다. 가서 보니 어떤 친구들은 실업 수당이라는 것을 받으면서 학교에 다닌다면서 공장으로 갔다. 한 번은 이선이 친구를 만나러 그 공장에 간 적이 있었다. 이선도 잠시나마 그 공장에서 아르바이트할까 싶었던 적이 있었는데 분명 학교에서는 담임이라는 사람이 그렇게 말했었다. 그 공장 가면, 하루 네 시간만 일하고 나머지는 다 공부할 수 있어. 전문대도 갈 수 있어. 그랬는데 막상 가보니 친구를 만나려면 하루 종일을 기다려야 한다고 했었다. 이선은 친구를 주려고 준비해 간 카세트테이프를 어쩔 수 없이 먼저 들어야 했다. 김추자 노래였는데 그러잖아도 녹음한 테이프라 음질이 좋지 못했는데 한 번 들으니 뭔가 늘어진 기분이었다. 노래의 박자가 맞지 않을 때쯤 친구가 이선을 보러 나왔다. 얼굴이 아주 벌겠다. 왜 그렇게 얼굴이 빨간 거야? 기다리던 이선도 좀 짜증이 뻗쳐서 그랬다. 친구는 이선이 건네주는 테이프도 제대로 못 받고 번번이 떨궜다. 손에 힘이 없다고 그랬다. 공장 안은 선풍기도 없이 35도가 넘는 것 같다고 했다.

근데 이선아, 나 이거 못 들을 거 같애.

왜? 니가 제일 좋아하는 김추자랑 심수봉이랑 다 여기 다 있어. 녹음도 엄청 잘 됐어. 진짜 같아.

친구의 얼굴에 핏기가 하나도 없었다. 친구는 그날 테이프를 돌려주며 이선에게 미안해했다.

공장 안이 엄청 시끄럽거든? 나 소리가 잘 안 들려서 그래.

그 말에도 이선은 혹시 친구가 정품이 아닌 녹음테이프라 그런가 싶어서 혼자 괜히 무안해하며 집으로 돌아왔었다. 친구는 몇 달 후 작업 중 갑자기 쓰러져서 죽었다고 했다. 더위 먹은 사람처럼 축 늘어졌다고만 그랬다. 딸이 줄줄이 딸린 집에 중간 딸이라 그런가 그 집도 장례도 제대로 안 치른 것 같았다. 그런 애를 보내서 죄송합니다. 교장에게 그렇게 말하던 친구의 아버지와 어머니. 이선은 마치 자기 아버지와 어머니를 보는 듯해서 소스라쳤었다. 아마 이선이 좀 더 대학을 가겠다고 고집부렸거나 신문사라도 붙어서 나오지 않았더라면 이선의 부모라는 작자들도 자신을 그런 곳에 보냈을 것이다. 남자 형제들이라면 축사를 허물어서라도 해줬을 텐데. 부모라는 사람들은 그 말을 아무렇지 않게 했다. 혹시 미쓰 윤도 그런 대접을 받다가 돈 벌어오라고 내몰렸을까 싶었던 거다. 미쓰 윤은 이선이 무슨 생각을 하는지 아는지 모르는지 말을 이었다.

언니야가 언젠가 나한테 그랬지. 너는 어디 말을 하는 거냐고. 근데 언니야는 내 말투가 왜 그런지 아나. 온갖 사투리가 다 섞여부렀다. 우리 같은 사람들은 고향 티 내면서 몬 산다. 그냥 여기저기 섞여 살아야제.

이선은 미쓰 윤의 얼굴을 빤히 봤다. 이제 보니 나이를 가늠하기 어려웠다.

내를 낳아준 우리 어매도 파주 거기 기지촌에서 누구 씨인지도 모르고 나를 뱄다 안하나. 거기서 낳은 아가 또 거기서 그러고 산다고. 우리 어매가 놀랐을 거 같지. 아니다. 당연하다고 생각했다. 날고 기는 못된 부모, 내한테는 그런 것도 없다. 나 뭐 잘했다고 돈 더 준 사람? 언니야가 유일하다.

이선은 순간 저도 모르게 미안한 마음이 들이닥쳤다. 이선이 미쓰 윤에게 돈을 찔러준 것은 그저 자신의 못 다한 욕망을 위한 거였다. 게다가 그동안 하나도 몰랐던 미쓰 윤의 고향 이야기를 들으니 더욱 그랬다. 파주라면 어른들이 말하는 북한 땅과 다름없다는 거기 아닌가. 그래서인지 가볼 생각도 없었고, 주변에 가봤다는 사람도 없었다. 미쓰 윤에 의하면 거기에는 북한 사람들만 근방에 있는 게 아닌 거 같았다. 아니, 도리어 북한 사람에게는 해를 안 입었단다. 상주하는 미군과 미군 부대에 있는 한국 군인들. 이들이 거기 성매매 여성들에게 한 행동들을 들으니 이선은 먹지도 않은 밥이 다 넘어올 지경이었다. 도망가는 여자들을 엎어뜨려서 산속에서 하다가 여자가 기절하니까 그대로 도망가서 들개의 공격을 받아서 죽었다는 이야기나, 그리고 가니까 다른 군인이 또 덮쳤다는 이야기는 아무리 요즘이 험한 세상이라 한들 도무지 믿기 어려웠다. 독재자가 그렇게 사상교육하듯 말했던 북한의 이야기가 아니란 말인가? 거기 여자들을 해친 건 다 북한 놈들이랬는데 사실이 아니란 건가. 이선은 속내가 복잡했다. 사실이면 왜 이런 이야기는 그 어떤 기자도, 소설가도 말 안 해주는데……? 허구헌날 성매매 여성들이 남자 때문에 죽고 못 살다 결국 버림받고 심지어 자살하는 이야기만 하는데……? 남자들은 그 대가를 마음속에 품은 사랑이라고 이름 붙이니까 그런 드라마나 영화만 맨날 인기몰이다. 이선은 어지러웠다. 그리고 혹 정말 미쓰 윤도 그런 위험 때문에 도망친 것은 아닐지 심란했다.

이거 말해준 아가 그래도 미군 장교헌테 붙어먹든 애다. 그 말이 거짓말은 아닐 기니께 언니야가 잘 알아봐봐. 또 아나. 언니야 잘 하믄 언니야가 그렇게 원하든 진짜 기자가 될지 누가 아나.

그런데 미쓰 윤. 저기. 혹시 이 일을 그만두는 건 어때요? 그니까 아니, 내 말은. 다방 말고……

언니야. 거기서 한 번 국가가 거짓 단속을 했었다. 우리를 치료해준다고 하고 무슨 하얀 독방 같은데 가두고 주사를 한 방씩 놓고 그렇대. 무슨 소독약이라 하든가. 그리고 우리를 다 풀어줬단 말이지. 그런데 어떻게 됐는줄 아나.

미쓰 윤에 말에 의하면 그 약이 뭔지는 모르겠지만 임신을 한 여자들은 낙태했고 정신이 어떻게 되는 건지 거품을 물고 쓰러진 여자들도 있다고 했다. 천만다행으로 멀쩡히 풀려난 여자들은 결국 다시 전국 사방의 매매 업소로 제 발로 들어갔단다. 먹고 살 일이 없으니 그랬단다. 보상도 없고 몸은 아프고 배운 것도 없으니 말이다. 그러면서 미쓰 윤은 그래도 이 다방에 있으니 이선 같은 사람도 만나서 좋다고 하며 씩 웃어 보인다. 이선은 꼭 그 여기자의 행방을 찾아봐야겠다고 생각했다.

그런데 언니야. 그 여기자 말이다.

네?

신기한 게 하나 있다. 아무도 그 여기자 원래 얼굴을 모른다더라.

네? 그럼 어떻게 기사를 쓰고?

막 그 형사 맹키로, 몰래 수사해서 기사를 써가지고 신문사들에 보냈다더라.

그럼 누가 그 사람인 척하고 기사를 써도 모르는 거 아니에요?

뭐, 그럴 수도 있겠제. 그런데 누가 그런 귀찮을 짓을 하겠나. 무슨 구신 들린 사람들 아니고서야 그런 거 하다가 잡혀갈 수 있잖아. 근데 그 여기자 기사가 언제부터 배달이 안됐다 하더라.

이선은 그런 말을 하는 미쓰 윤을 한번 바라봤다.

언니야, 언니야는 할 수 있제? 언니야는 특별한 언니야다. 맞제? 그런데 그 말을 하는 미쓰 윤의 얼굴이 평소와 달리 앳되어 보이지 않았다. 그럼, 미쓰 윤은 내 동생인가? 생각해보니 미쓰 윤이 몇 살인지도 모르는데…… 이선은 순간 미쓰 윤의 얼굴이 아주 낯설어 보인다고 느꼈다. 뭐, 아무튼 간에 말이다, 이것은 진짜로.

특종이다.

아니, 혹은. 실종이었을까.

그러게, 이선이 특종을 잡기도 전에 그것은 실제 실종 사건이 되어 돌아왔다. 웬만해선 서울에서 꼼짝도 안 하던 사장이 웬일로 광주까지 내려온 날이었을 것이다. 이곳저곳에서 올림픽을 유치한다고 집을 치운다더니, 사장의 집도 어디론가 치워진 참인가? 물론 사장은 역시 사장으로, 이선이 생각하는 그런 사회적인 문제와는 아주 거리가 멀었다.

너, 〈안개 기둥〉이라는 드라마 봤어?

그건 또 뭐란 말인가. 그런 건 미쓰 윤도 안 알려줬는데. 사장은 혀를 차는 시늉을 한번 하더니 이선에게 그런 것도 몰라서 어떻게 기자를 하겠냐고 대뜸 면박을 주기 시작했다. 그게 요즘 어머니들 사이에서 얼마나 인기 드라마인데, 너는 그걸 몰라? 그러더니 이선은 알지도 못하는 드라마들을 줄줄이 대기 시작했다. 내용은 정말 이선의 상상 밖 부부의 세계들이었다. 사실 이선의 방에는 텔레비전은커녕 라디오도 없다. 〈사랑과 야망〉도 친구 집에서 눈치깨나 보면서 끼어서 봤는데, 저리 많은 드라마를 알 수가 있으려나. 이선은 자신의 월급을 떠올렸다. 사장은 그러니까 멀리 서울에서 망해가는 자신의 신문사를 바로 세워보고자 온갖 가십을 가지고 내려온 것이었다. 야, 그 뭐야. 이게 싫으면…… 너 좋아할 만한 거 하나 있네. 〈사랑과 야망〉이라도 좀 봐라. 이선은 사장의 얼굴을 보며 아무튼 이 양반이 자기를 오래 봤구나 싶긴 했다. 그 드라마 작가의 드라마는 왜 이리 좋을까? 삼십 년 후에도 자신이나 미쓰 윤 같은 사람들은 계속 좋아할 것만 같다. 시집 안 간 여자도, 많이 배워서 욕먹는 여자도, 고분해 보이지만 사실은 할 말 다 하는 여자 진짜 많이 나온다. 이선이 드라마 생각에 잠겨있자, 이번엔 사장이 고개를 절레절레 저었다. 곧 한숨을 내쉬더니 말을 이어갔다.

너도, 여자들 사라진다는 그런 뜬소문 믿고 그러는 거 아니지? 그 다방 레지, 걔 이름 뭐였지? 아. 이름이 없었나? 하여간. 지금 그게 중요한 게 아니라고.

이선은 미쓰 윤 이야기가 나오자 아예 무시하는 편이 나을 듯해서 입을 꾹 다물었다. 사장님이 뭘 아시겠어요. 기자가 사라졌다고요. 그 귀하다는 여성 기자가요. 그것도 그 광주사태 취재하다가요. 뭘 아시고나 말씀하세요, 네? 이선은 속으로만 혀를 쑥 내밀었다. 하지만 이선은 사장의 다음 말에 더는 속엣말만을 두고 삼킬 수 없게 되었다. 사장은 이선의 대답을 기다리지 않는다는 듯 이렇게 덧붙였다. 야, 사라진 거는 개야. 개. 그 다방 레지. 아, 기억났다. 그 미쓰 윤!

이선은 입사 후 처음으로 그날 사장에게 말대꾸했다. 미쓰 윤, 혹시 잡혀간 건 아닐까요, 파주라는 곳으로 다시 끌려간 건 아닌가요? 이선이 궁금한 것은 그뿐이었다. 물론 사장은 그런 이선을 보고 그럴 줄 알았다는 듯 다시 한번 혀를 차는 시늉을 했다. 김이선이, 네 돈도 뜯어갔어? 이선이 놀라 사장을 보자 사장은 미쓰 윤이 이 작은 동네에서 스파이 짓을 하며 온갖 돈을 다 받아갔다는 이야기를 시작했다. 알고 보니 사장이 서울에서 부랴부랴 내려온 것도 그 때문이었다. 미쓰 윤은 이 근방 대부분 사람들에게 돈을 받은 것 같았다. 그리고 그 돈의 대가로 내민 이야기도 똑같았다. 여자들이 사라진다는 것, 그것도 대단한 여자들이. 그런데, 사장님은 어떤 여자가 사라졌다는 이야기에 돈을 주신 거예요? 이선은 멍한 표정으로 사장에게 물었고 사장은 여태 혀를 차는 시늉을 거두고 갑자기 이선에게 엄격한 표정을 지어 보였다.

차라리 안개 기둥에 대해 생각해. 상상 밖 부부의 세계! 사랑과 야망 말고! 사람들이 더 좋아하는 거 말이야!

사장은 그러면서 다시 한번 이선을 돌아봤다.

80년에 사라진 그 애는 다시 안 돌아올 거니까. 그때 돌아오지 못한 사람들은, 이제 돌아오지 못하니까.

이선은 퍼뜩 사장의 얼굴을 한번 바라봤다. 여태 이선이 알던 그 얼굴이 아니었다. 〈사랑과 야망〉은 드라마에서만 하자, 응? 그리고 사장은 그 뒤로 광주에 한동안 돌아오지 않았다. 돌아오지 않은 건 사장뿐 아니었다. 미쓰 윤을 다시 봤다는 사람 또한 없었다. 나만 남은 건가, 이곳 광주엔? 이선은 문득 그런 생각이 들었고 기이하게도 그런 생각이 들자 되레 이전보다 신문사 일에 집중하기가 쉬웠다. 이선은 그 사이에 여러 신문 기사를 썼다. 장동 어느 집이 옆집과 싸움 난 이야기, 산수동 어느 집터에 이상한 사람이 들어와 가서 봤더니 그 집 아들이었다는 황당한 이야기, 누구네 집 아들이 서울대 붙었다는 이야기…… 돈을 가지고 와서 기사를 써달라는 사람들에게 이전과 달리 이선은 선선히 그러겠노라는 답을 했다. 미쓰 윤이 사라지고 나서, 모든 사람에게 같은 말을 흘렸다는 이야기를 듣고 나서 이선은 어쩐지 자신의 자리가 명확해지는 기분이 들었다. 그러니까 미쓰 윤에게 자기는 그냥, 이 동네의 어떤 사람일 뿐이었던 거다. 이선은 온통 그런 생각뿐이었다. 그리고 또 하나. 그래도 미쓰 윤이 파주로 다시 잡혀가진 말았으면 좋겠다는 것. 부산 어디 멋진 곳에서 외국 술이나 실컷 퍼먹고 있기를 바랐다. 또다시 주변 사람들에게 80년대 여기자가 사라졌다는 이야기를 흘리고, 이왕 그 이야기를 흘린 김에 돈도 벌었으면 좋겠다고 생각했다. 그리고 왜일까, 누군가는 그 이야기를 쓰면 좋겠다는 생각도 들었다. 그러니까…… 어쨌거나 그 이야기가 거짓은 아닐 거라는 생각 때문이었다. 그러자 이선은 좀 크게 웃음이 나기 시작했다.

80년, 광주. 그곳에서 사라진 여기자는 어디에 있을까.

여성독립농민신문은 이럴 땐 유용하다. 아무도 보지 않는 이 신문, 이선은 미쓰 윤이라도 어디선가 보고 있길 바라며 글을 쓰기 시작했다. 어차피 그 유명하다는 조선일보도 동아일보도 전부 그 독재자의 하수인 노릇이나 한다고 하지 않은가. 그들이 쓰는 게 소설인지 기사인지 아무도 모를 일이라고 했다. 차라리 소설이 낫지 않을까. 이선은 미쓰 윤에게 들은 사라진 여기자에 관해 쓰기 시작했고 막상 쓰기 시작하니, 마치 실제 그 여기자가 사라지기라도 한 것처럼 글이 써지기 시작했다. 어쩌면 기사보다 소설이 더 진실을 말하는 세상이 되어버려서 그럴지도 몰랐다. 이러니 독재자들이 온갖 문학 잡지들을 폐간한 모양이구나. 이선은 기사인지 소설인지 모를, 그러나 분명 진실일 거라고 생각되는 그 글을 쓰기 시작했다. 독재자는 이걸 거짓이라고 할지언정 말이다. 이선은 망설임 없이 인쇄를 눌렀다. 이렇게 기분이 좋다니, 이선은 그제야 자신의 야망을 깨달았다. 모두가 보지 않아도, 단 한 명만 봐도 좋을 특종 기사. 이게 내 야망이었구나, 이선은 인쇄되어 나오는 기사인지 소설인지 모를 신문을 보면서 미쓰 윤을 떠올렸다. 펄쩍 뛰면서 서울에서 한걸음에 뛰어 내려올 거라고 생각했던 사장은 몇 날이 지나도록 말이 없었다. 심지어 사장도 안 보는 신문이라니. 이선은 어쨌거나 홀가분했다. 자기 몫을 한 기분이었다. 미쓰 윤이 어디선가 와인을 훔쳐 오면 좋을 텐데. 그런 생각도 들었다.

그리고, 그 여배우가 사라진 날도 그즈음이었다. 압구정동 현대아파트인가 자택에서 갑자기 사라졌다는 그 여배우. 170의 큰 키에 이목구비가 뚜렷해서 누군가 납치했다면 몰랐을 리가 없다는 그 여배우.
사라지는 여자들 진짜 많네. 이선은 텔레비전 속 모델 얼굴을 유심히 보며 라면을 먹고 있었다. 찾아올 사람이 없는데 신문사 문 앞이 시끄러웠다. 문 앞에 섰을 때 이선은 알았다. 여자들이 이렇게 사라졌구나. 김이선 기자죠? 이 말과 함께 대답할 시간은 주지 않았다. 이선은 눈이 가려지고 팔을 뒤로 묶인 채로 어딘가로 한참이나 차를 타고 이동했다. 보이지 않으니 그저 몸이 흔들리고 이동했다는 것만 알 수 있었다. 대체 어디를 가냐는 말이 나오질 않았다.

그러니까 미쓰 윤이 뭐라고요?

이게 말이 좋아 기자지, 순 사기꾼 같던데 어디서 말대꾸야. 질문은 내가 해! 그 말에 이선은 저절로 고개가 움찔 줄어들었다. 말로만 들었던 서울 남영동의 그 방. 처음 가본 그 방에 대한 인상은 어둡다는 거였다. 이선은 말로만 듣던 남영동이 그런 데라는 걸 처음 알았다. 잊을 수가 없는 것은 모든 방에 창문이 있다는 사실이었다. 창문이 있는데 그렇게 어둡다는 게 신기했다. 책상 앞에 놓인 수건은 얼굴을 닦는 게 아니라 얼굴에 덮고 물을 붓는 용도였다. 이선은 고춧가루까지는 먹이지 않았다. 이것도 이젠 아주 조심해야 한다니까. 죽으면 또 기자 놈들이 지랄할 거라고. 이선이 보기엔 자기보다 좋은 직장 다 가질 수 있는 그 잘난 남자들이 독재자에게 빌빌거리며 사람을 죽기 직전까지 패놓는 게 이해가 되지 않았다.

뭐긴 뭐야. 걔가 그 기지촌 무슨 정부의 음모라고 말하고 다니는 그 노동자 연대인가 뭔가 하는 핵심 인물이라고, 너보다 잘난 대학 나온 년이라고.

이선은 코로 물이 들어가자 귀가 먹먹해지는 느낌이 들었다. 다만 대학생이라는 말은 선명하게 들렸다. 대체 대학생이 왜 시골 다방에 와서 그러고 있단 말인가.

너한테 지령 주면서 지금 일 시켜 먹은 거라고. 그러니까 너 알지. 걔 어딨어. 어? 우리가 너 같은 년 잡으려고 이 고생인 줄 알아? 〈사랑과 야망〉이라는 드라마 알지? 너 그거 봤지? 그게 여자애들 사이에 암호 지령인 거 알았어, 몰랐어?

이선은 어차피 주전자 물 때문에 들리지 않았다. 다음은 목욕탕 물고문이었다. 머리채를 잡혀서 한참이나 물속에 담가져 나오면 온 사지가 벌벌 떨렸다. 이선이 나고 자란 전라도는 서울보다 따뜻한 곳이었다. 이선은 자신이 더하기 힘들 정도로 몸을 떨고 있다는 사실을 깨달았다. 고문이 무서운 건 말할 것도 없었다. 하지만 무서운 건 또 하나 더 있었다. 정말 미쓰 윤이 무슨 대학생인가 뭔가 된다면, 정말 이제 믿을 수 있는 사람이 아무도 없을 거 같았다. 미쓰 윤은 정말 자신을 이용하기 위해 그런 건가. 이선은 그런 생각이 들자 갑자기 온몸에 힘이 빠졌다.

야 생리대. 저것들은 지 몸에서 나오는 피 하나도 처리 못하면서 무슨 운동이야, 운동은.

이선은 자신이 이날 이때껏 여자 생리대를 처음 사본다고 으스대는 고문관에게 받은 생리대를 두고 감사하다고 머리를 숙였다. 그러고 또 물을 들이부었다. 그러고는 이선이 몸을 가누지 못하자 이번엔 의사를 불러다 수액을 다 놔줬다. 의대생이 분명해 보이는 여자 의사였다. 이선의 혈관을 찾는 손이 떨고 있었다. 이선은 자기도 모르게 그 의사의 손을 잡아주었다. 여자 의사는 잠시 이선을 보더니 혈관을 잡았고 수액을 조절한 후에 가방을 들고 나가려다 잠시 이선의 귀 가까이에 얼굴을 가져다 댔다.

무조건 맞다고 하세요, 여기서 죽어 나간 사람들 너무 많아요.

이선은 진심으로 두려워서 말하고 있는 그 얼굴을 유심히 보았다. 맞는 충격과 고통이 커서 눈물을 흘린 적이 없는 남영동이었는데 처음으로 눈물이 났다. 이선은 일주일 뒤쯤 풀려났다는 기억이 있다. 풀려났다? 아니, 짧게나마 동인천 형무소로 수감되었다. 이선은 그곳에서 자신을 찾아온 기자를 만나게 되었다. 자신이 그렇게 소속되고 싶어 했던 신문사의 기자들이 자신을 찾아온 것이다. 어느새 이선은 자신이 미쓰 윤의 말을 듣고 쓴 기사와 더불어 의문의 활동가 미쓰 윤에 대한 이야기까지 더해지면서 순식간에 사연 있는 사람이 되었고 운동권 학생들에게는 대스타가, 경찰에게는 요주의 인물이 되었다. 이선이 출소하던 날, 감옥 앞에는 운동권 학생들과 사복 경찰들이 뒤섞여 어지러웠다. 한 편에서는 여성

노동자를 대표하는 사람으로, 한 편에서는 빨갱이로. 이선은 이 좁은 나라에서 저렇게 물길 갈라지듯 사람들이 갈라지는 것이 신기할 뿐이었다. 덕분에 같이 출소된 다른 수감자들은 이선에게 고맙다는 듯 손 인사를 하기도 했다. 이선이 아니었으면 도리어 고개를 들고 아무렇지 않게 나가기 어려웠을 테니까. 누군가 이선에게 다가와 목에 꽃을 걸어주었다. 하지만 이선은 그가 누군지 기억하기 어려웠다

미쓰 윤. 넌, 넌. 넌 누구야?

이선은 이제 그 사라진 기자도, 배우도 궁금하지 않았다. 특종을 잡아서 좋은 기자가 되고 싶은 것도 아니었다. 여성 인권에 대해 생각한 적? 솔직히 없었다. 그게 뭔지도 잘 몰랐고 앞으로도 모를 것만 같았다. 그저 인정받고 싶었고 무시받고 싶지 않았다. 야망이라면 그 신문 기사를 보고 미쓰 윤이 자신에게 연락을 해오는 것, 그러니까 그리고 또……

미쓰 윤을 좋아했다.

미쓰 윤을 믿었다.

그뿐이었다. 이선은 '김이선 동지의 출소를 환영합니다.'라는 플래카드를 비껴가며 앞으로 걸어 나갔다.

특종보다는 실종이 더 궁금했다, 여전히. 그래서였을까. 누군가 이선의 팔을 잡았을 때보다 누군가 이 이름을 불렀을

때 이선은 겨우 발걸음을 멈추고 뒤돌아볼 수 있었다.

　김이선 씨, 미쓰 윤 아시죠? 당신 동생.

　김이선이 뒤돌았을 때 그곳에 한 여자가 서 있었다. 선글라스에 똑 떨어지는 단발머리를 하고 있는 여자. 그 여자가 선글라스를 조금 내렸다. 당신 동생이 그러더라고요. 자기의 말을 믿어준 단 한 사람이 있었다고요. 김이선 씨, 그 언니, 사랑과 야망.

| 작가의 말 |

나는 평범한 사람들의 이야기가 하고 싶었다. 그러니까 지극히, 평범한 여성들의 이야기. 성공도 하고 싶고, 잘난 체도 하고 싶고, 가고 싶은 곳도 있고, 이루고 싶은 것도 많은, 하지만 자신의 현실이 그것에 미치지 않는다는 것도 잘 아는, 지극히 평범한 여성들의 이야기. 그들에게 언니, 동생이란 이런 속내를 털어놓고 덮어주고 도와주는 존재라고 생각했다. 그렇다면, 이 언니와 동생들의 80년대는 어땠을까, 이것은 늘 내게 숙제 같은 일이다.

1980년 끝자락, 지방의 작은 신문사에 다니지만, 누구보다 성공하고 싶은 신문기자 이선. 그러나 지연도 학연도 없는 자신의 현실을 또 누구보다 잘 아는 이선과 그런 이선을 도와주려는 미쓰 윤의 이야기는 사실 야망보다는 사랑에 가깝다. 나는 항상 세상에 이름이 남을 일 없는 이 여성들에겐 사회에서 만난 언니와 동생이라는 연대가 있다고 생각했다. 그러니까, 그런 이야기를 하고 싶었다. 전작인 『러브 누아르』와 함께 읽으면 앞으로 내가 해나갈 이 여성들의 이야기를 더욱 실감하실 수 있으리라 생각된다. 어딘가에 있을 나의 미쓰 윤을 생각하며, 2025년 봄.

장례식

 여기에는 여름이 안 올 것 같아. 처마 끝에서 자라난 고드름들을 보자 그런 생각이 들었다. 줄지어 돋아난 날카로운 얼음들은 맹수의 이빨. 그냥 맹수도 아니고 심한 부정교합에 시달리는 늑대인간 같은 것의. 모든 이빨이 송곳니라면, 이런 치열을 지닌 맹수가 정말로 있다면 자기도 괴롭겠지. 울음소리도 마음과 다르게 날 테고 새끼의 뒷덜미를 살포시 물어 원하는 곳으로 옮겨주기도 어려울 거야. 이 짐승의 이름은 겨울. 다른 계절 따윈, 그 온순한 것들은 감히 겨울의 사납게 벌어진 아가리 안에 들어올 엄두도 못 내겠지. 그러니까

이 지붕 아래는 영영 겨울.

공상 끝에 나는 팔을 길게 뻗어 고드름을 툭 쳤다. 마음속으로 아아 겨울의 송곳니가 부러지고 있습니다, 같은 과장된 내레이션을 읊으면서. 길이도 굵기도 내 팔뚝만 하던 고드름들은 알고 보면 뿌리가 무척 약해서 살짝 밀기만 해도 떨어져 산산조각이 나 버렸다. 유리가 깨지듯 맑은 소리가 나지는 않았지만, 조각난 얼음은 보석 같았다. 예뻐. 감탄이 딸꾹질처럼 나왔다. 이런 소리를 내야겠다고 생각한 것도 아닌데 막을 새도 없이 불쑥.

"그러네, 예쁘다."

소리가 난 쪽을 바라보니 피아노 건반 같은 남자가 서 있었다. 흰 셔츠와 검은색 블레이저를 입고 있는. 머리는 검고 얼굴은 희었다. 별채 처마 밑 섬돌 옆 아직 눈이 녹지 않은 자리에 서 있어서 검은색 구두와 날렵한 바지선이 더욱 두드러져 보였다.

"네?"

누구인지 궁금했지만, 누구냐고 직접 물어보는 건 촌스러운 일 같았다. 아무 말도 하지 않으면 유령처럼 모습을 드러낸 피아노 남자가 또 금세 사라져 버릴까 봐 겁이 났다.

"정말 예쁜 것 같아서."

피아노 남자는 조금 쑥스러운 듯이, 그렇지만 내 눈을 똑바로 쳐다보며 말했다. 새까만 눈동자가 나를 빨아들일 것 같았다. 쌍꺼풀 없이 큰 눈을 따라 촘촘하게 돋은 긴 속눈썹들이 희고 깨끗한 피부를 한결 돋보이게 했다.

"뭐가?"

우리는 각자가 힘껏 팔을 뻗으면 서로 손끝이 닿을 정도의 거리를 두고 서 있었다. 마루 아래 서 있는 남자와 마루 위에 서 있는 나의 머리 높이가 비슷했다. 남자는 웃을 뿐 대답이 없었다. 진심으로 궁금했다. 뭐가? 뭐가 예쁘다는 거야. 겨우 고드름을 보고 감탄한 거야, 당신이 그렇게 예쁘면서? 피아노 남자는 손사래를 쳤다.

"아무것도 아니야."

피아노 남자는 목소리도 피아노 같았다. 왼손 자리의 어느 건반을 꾹 눌렀을 때처럼, 뜻밖의 중후한 음색 뒤로 청신한 울림이 공글려지는 소리였다. 내 혼잣말에 끼어든 게 뒤늦게 미안해져서일까, 아니면 내가 시비를 건다고 생각해서일까. 피아노 남자는 곧 별채와 사랑채 사이의 좁다란 길을 따라 떠나갔다. 별채 모퉁이를 돌아 사라지는 피아노 남자의 뒷모습을 끝까지 보면서 나는 생각했다.

이상한 유령이네. 이런 고택에는 안 어울려.

피아노 남자가 자리를 떠서 마음이 놓였지만 섭섭하기도 했다. 있을 때는 묘하게 긴장되어서 싫었는데, 보내고 나니 그의 존재를 알기 전보다 더욱 심심해져서 허전하기까지 했다.

유령이라도 좋으니 다시 나타나 주라.

나는 섬돌에 벗어둔 구두를 손가락에 걸고 마루를 돌아다니기 시작했다. 그러지 않고는 견딜 수 없을 만큼 심심했기 때문에. 그도 그럴 것이, 인터넷이 안 됐다. 요즘 세상에, 이 집에서는. 월말이어서 모바일 데이터를 다 쓴 참이었는데, 이 큰 집에는 와이파이 공유기 한 대가 없었다. 지루해서 입도 안 가리고 하품만 쩍쩍하다가 별채로 도망 온 참이었다.

집에서 하는 장례식은 처음이었다. 장례식에 그렇게 많이 가봤다고 할 수도 없지만. 중학교 때 같은 반 아이의 어머니가 돌아가셨을 때도 작년에 큰아버지가 돌아가셨을 때도 장례식장은 병원에 있었다. 큰 병원이 없는 도시에서는 사람들이 어떻게 죽는지 궁금했다. 꼭 답을 구하고 싶은 문제까지는 아니었는데 어쨌든 알게 된 셈이다.

"그만 싸돌아다니고 와서 일 좀 거들어."

본당 방향으로 나 있는 마루에 다다르자, 언니가 나를 발견하고 잔소리를 했다. 나는 못 들은 척 얼른 돌아섰다. 왔던 길을 되짚어 고드름이 부러진 처마 밑에 다다랐다. 내가 왜 거들어? 나는 돌아가신 친척분이 나하고 정확히 몇 촌이나 되는지도 몰랐다. 나보다 두 살이나 많은 언니는 그분을 뵌 적이 있을지 모르지만 내겐 아무런 기억이 없었다. 남보다 멀다고 해도 좋을 사이. 하필 친구들하고 몇 주 전부터 약속해 둔 놀이공원 나들이를 놓치게 되어서 나로서는 고인이 원망스럽기까지 했다. 장례식 때문에 약속을 못 지키게 되었다 하니 친구들도 나를 따라 조문을 오고 싶다고 했지만, 친구들까지 데려오기에는 너무 멀었다. 평창이라는 도시도 고인과 나의 관계도. 차를 타고 오는 내내 나는 우울한 음악만 골라 들었고 졸다가 이어폰이 귀에서 빠져 깰 때가 아니면 가족들하고 말도 섞지 않았다. 말로만 듣던 평창 친척 집이 알고 보니 근사한 한옥 고택인 것까진 좋았지만, 지독하게 추운데다 인터넷도 안 된다는 사실을 알고 나니 잠깐 품었던 호감마저 싸늘하게 식었다.

첫날부터 이렇게 지루한데 남은 이틀은 어떻게 버티지?

그것이 내가 당면한 가장 커다란 고민이었다. 먼 친척이라면, 모르긴 해도 꼭 조문할 필요 없고 굳이 조문을 하게 되더라도 잠깐 얼굴만 비추어도 괜찮을 텐데. 내 생각이야 관심도 없다는 듯 아빠는 총각 시절 돌아가신 형님에게 얼마나 신세를 졌는지만 운운했다. 오늘날 우리 가족이 이만한 형편으로 살게 된 것도 다 고인의 덕이라 할 수 있다느니, 힘들 때 신세 진 것을 잊는 건 사람의 도리가 아니라느니…… 아빠의 말뜻은 발인까지 사흘 내내 온 가족이 여기에 갇혀 있어야 한다는 거였다. 겉만 으리으리하지, 실속 하나 없이 차갑기만 한 깡통 속에 사흘이나.

언니가 넉살 좋게 집안 사람들 틈에 끼어 팔을 걷어붙이지 않았다면 나도 좀 견딜 만했을지 모른다. 하지만 언니는 전형적인 장녀, 장녀들 사이에서도 장녀 노릇을 하려 들 사람이었고 생전 처음 와 본 집에서 조문객 밥상을 차리는 일에도 특유의 기질을 숨기지 못했다. 우리는 손님이잖아, 왜 그런 짓을 하느냐고. 차에서 내려 처음, 이 집안 큰어른분을 뵈었을 때 분명히 들었다. 손님 대접을 하노라고 몇 년간 놀리던 별채에 불을 때 두었으니 편히 앉아만 있다 가라는 말. 자기가 그렇게 설치고 다니면 가만 앉아 있는 내 입장은 어떨는지, 언니가 생각이나 할까.

지난 몇 년간 불을 지피지 않았다는 게 과장이 아니었는지 별채 바닥은 요지부동 냉골 같았다. 입고 온 코트가 구겨지는 건 싫었지만 별수 없이 바닥에 담요처럼 깔고 그 위에 엎드려 휴대폰 게임만 했다. 오는 내내 음악을 듣고 게임도 실컷 했더니 배터리가 바닥났다. 휴대폰을 뒤집어 놓고 나도 코트 위에서 몸을 뒤집었다. 아직 해가 질 시간도 아닌데 별채 안방은 어둑어둑했고 앙상한 그림자로 방바닥을 찌르는 창과 문의 살대만이 바깥이 아직 밝다고 말해주는 듯했다.

귀신 나와도 하나도 안 놀라울 것 같아, 이 집은.

그런데 장례식이 있는 집에서 그런 생각을 해도 괜찮은 걸까. 으스스한 느낌에 꼬리뼈가 쭝긋해졌다. 피아노 남자는 바로 그런 때에 마침스레 나타난 거였다. 더는 혼자 있기가 무섭기도 하고 심심하기도 하던 참에. 피아노 남자는 귀신이 아니라 유령 같았다. 귀신이라면 소복을 입어야 할 것 같은데 피아노 남자는 양복을 입고 있었으니까. 그래서인지 그렇게 무섭지 않았다. 다시 나타나면 반가울 것도 같았다. 기왕에 귀신이 나와야 한다면 피아노 남자가 다시 한번 나타나면 안 될까.

아 맞아, 보조 배터리.

나는 피아노 남자를 찾으려는 게 아니라 언니에게 휴대폰 보조 배터리를 달라고 해야 한다는 핑계를 자기최면처럼 되뇌면서 다시 본채 방향으로 발을 돌렸다. 보조 배터리는 언니의 주머니에 있을 터였다. 분명 언니는 그러게 너도 하나 챙기라고 하지 않았냐고 잔소리를 할 테지만, 더 운이 나쁘다면 조문객 상 차리기를 조금이라도 거들어야 빌려주겠다고 조건을 걸 테지만 빌릴 수 있다면 빌리고 싶었다. 일반 휴대폰 충전기를 쓰다가 피아노 남자 유령을 만나면 안 되니까. 사진이라도 한 장 남겨두려면 보조 배터리가 꼭 필요하니까.

"언니."

본채 앞마당에는 지역 농협에서 빌려왔다는 8인석 손님상이 스무 개쯤 깔려있었고 열 명도 되지 않는 듯 보이는 손님들은 귀퉁이에만 서넛씩 모여 앉아 있었다. 어느덧 앞치마까지 찾아 입은 언니는 네 줄로 깔린 손님상 가운데에 서서 누군가와 이야기를 나누며 웃고 있었다. 웃다니, 언니가. 그것도 상갓집에서. 더욱이 언니와 대화하는 상대의 뒷모습이 낯설지 않았다. 먼지 한 톨 앉지 않은, 슬림하고 세련된 검은색 정장의 어깨.

"아, 이쪽은 내 동생."

나와 눈이 마주친 언니가 나를 가리키자, 상대방이 돌아섰다. 설마 했던 대로 피아노 남자였다. 여러 생각이 동시에 들었다. 첫째, 언니가 이 사람을 알다니. 그리고 둘째,

"유령이 아니었네."

피아노 남자가 말했다. 그도 나를 보고 같은 생각을 한 것

이었다.

"유령이라니?"

"그렇잖아, 이런 오래된 집에 못 보던 예쁘장한 여자애가 있으면. 그것도 위아래 온통 까만 옷을 입고."

그렇겠네, 피아노 남자의 입장에서는 내 쪽이 낯선 상대로 보일 테니까.

"뭐야, 조문객이라고 생각하는 게 당연하잖아."

언니는 웃으면서 피아노 남자의 어깨를 툭 밀쳤다. 언니가 그러는 건 뭐랄까, 비위가 상했다. 별 시답지도 않은 소리를 하면서 이성에게 가벼운 터치를 툭. 언니가 여자 행세를 하고 있네. 계집애 행동을 하고 있네. 동시에 그런 것은 어디까지나 사소한 문제로 느껴지기도 했다. 피아노 남자가 나를 유령으로 생각한 근거가 귀에 메아리처럼 울리고 있었다. 못 보던 예쁘장한 여자애. 예쁘장한 여자애.

예쁜 여자.

피아노 남자는 나를 예쁘다고 생각한다. 그 순간 그것만큼 중요한 사실은 없었다.

"원래 알던 분이셔?"

나는 내가 지을 수 있는 가장 순진하고 귀여운 표정을 꾸며내면서 애교스러운 목소리로 언니에게 물었다. 언니는 어지간히도 기분이 좋은 모양이었다. 평소라면 가운뎃손가락으로 내 이마를 튕겨냈을 언니가 더할 나위 없이 너그럽고 유쾌한 태도로 말했다.

"어어, 우리 과 동기야. 어쩜 이런 데에서 다 만나고."
"나 평창 출신인 거 우리 과에 모르는 사람 있던가."
"평창이 그렇게 작은 동네도 아닐 텐데 우리 친척 집하고 이웃사촌 간이라면 보통 우연은 아니잖아."

맞는 말이야. 나는 언니의 말에 속으로 고개를 끄덕였다. 대단한 인연이지, 이 정도면. 하지만 그런 것보다도 피아노 남자의 이름을 알고 싶다는 생각이 더 컸다.

"이웃사촌하고 친척이면 우리끼리도 남은 아니겠네."

피아노 남자의 농담은 그렇게 재미있지 않았지만 나와 언니는 둘 다 웃음을 터뜨렸다. 몇 안 되는 조문객들과 상주 가족들이 모두 우리를 쳐다보았다.

"앉아서 밥이나 먹고 가."
"야, 밥은 벌써 먹었지. 너 오기 전에 내가 초혼도 했어."
"그래, 그럼. 나 지금은 그래도 일 좀 해야 할 것 같아서. 이따 또 보게 되면 보자."

언니의 인사에 피아노 남자는 손을 흔들며 멀어져 갔다. 피아노 남자의 뒷모습을 멍하니 보다가 언니에게로 시선을 옮기니, 언니는 허리를 굽혀 손님상의 수저를 제자리에 바르게 두고 있었다. 피아노 남자가 떠나면서 건드리고 간 모양이었다.

"언니."

"왜."

남자가 사라지니까 곧바로 태도가 딱딱해지네. 진짜 못됐다.

"나 보조 배터리 빌려줘."

"내가 출발하기 전에 네 거 따로 챙기라고 했어, 안 했어?"

"아, 언니이."

"너 그럴 줄 알고 내가 가방에 네 것까지 챙겼어. 별채에서 꺼내 쓰고 다시 충전해 놔."

언니는 내 쪽은 보지도 않고 딱딱거리며 말했다. 나는 돌아서서 칫 하고 혀를 차고는 언니가 그 소리를 들었을까 봐 빠르게 걸음을 옮겼다. 별꼴이야 진짜, 겨우 두 살 많은 걸로 되게 어른인 척하고 있어. 행여 누구에게 붙잡혀 장례식 일을 거들게라도 될까 봐 부랴부랴 별채로 꽁무니를 빼면서 나는 피아노 남자를 다시 보고 했던 세 번째 생각을 곱씹었다.

다행이다, 이 집에 사흘이나 머물게 되어서.

그 남자가 유령이 아니고 다시 볼 수 있는 상대라면 사흘 내내 볼 수도 있는 거니까. 그렇다면 충분히 가까워질 수 있을 테니까. 아직까지는 그 남자를 어떻게 하고 싶은지에 대해 뚜렷한 생각이 없었지만, 사흘이면 천천히 생각해 볼 수 있을 것 같았다. 그를 좀 더 많이 보고 싶다는 충동이 생각에 앞서 있기도 했다. 그렇다면 이 집도 이 장례식도 그렇게 최악은 아닌 거야, 그렇지? 나는 별채 방에 갇힌 스스로를 북돋우며 생각했다.

테스트

 이틀째가 되자 사흘이라는 시간에 대한 나의 생각은 또다시 변화했다. 피아노 남자를 내내 볼 수 있을 거라는 기대가 헛된 것이었음을 알게 되었기 때문이다. 생각해 보니 친척도 아닌 그가 사흘 내내 남의 집 장례식에서 자리를 지킬 리가 없었다. 아무리 고인에 대한 감정이 각별했어도 그는 손님이고, 손님이 너무 오래 있으면 유족들에게는 폐가 되니까. 그가 그렇다면 우리 아빠와 우리 가족들은 뭐가 다른가, 우리도 그냥 빨리 서울로 돌아가면 안 되나, 내 생각은 그랬지만 언니가 앞장서서 거들고 있는 이상 예정보다 이른 귀성은 별

소용없는 공상에 불과했다.

"아빠, 초혼이 뭐야?"

벌써 네 번째, 끼니마다 똑같은 편육과 겉절이와 육개장을 먹으면서 내가 물었다. 술을 잘 못 하는 아빠는 하루에 소주 한 병씩을 아주 천천히 비우고 있었고 장례식 이튿날 저녁 식사 때에는 얼굴이 육개장 색으로 달아올라 있었다.

"초혼, 오랜만에 듣는다."

아빠는 내 앞에 일회용 소주잔을 놓아주고 아빠가 하루 내내 곁에 두던 소주병으로 술을 따라주었다.

"아빠, 나 하나 아니고 두리야."

취해서 게슴츠레해진 아빠의 눈이 조금 더 가느다래졌다.

"뭐 어떠냐, 술은 원래 어른한테 배우는 거라잖니."

나는 아빠와 언니 몰래 술을 마셔본 적이 이미 있었다. 많이 마시진 않았지만, 경험상 내겐 술버릇이 없는 듯했고 아빠는 내게 술을 가르쳐줄 수 있을 만큼 빼어난 술꾼이 못 되었다. 그보다도, 아빠가 나를 언니인 줄 착각하고 술을 권해놓고는 어른 운운하며 얼버무리는 게 어이없었다.

"옛날 사람들은 사람이 죽었을 때 얼른 그 혼을 다시 육신으로 불러들이면 되살아날지도 모른다고 생각했다. 그래서 '부를 초'에 '혼백 혼'자를 써서 초혼이다."

"어떻게 하는 건데?"

"아빠도 어릴 때 한두 번 보고 요즘은 통 못 보던 풍습인데. 지붕에 올라가서 고인의 옷을 흔들면서 이름을 세 번 부르는 거야. 오두리, 오두리, 오두리. 이렇게."

"저승사자가 세 번 부르듯이?"

"그러네. 저승차사가 죽을 사람을 세 번 부르듯이. 그런 다음에는 그 옷을 고인의 몸 위에 올려두는 거야. 이 몸으로 돌아오라고."

아빠와 나는 같은 밥상을 사이에 두고 각자의 생각에 잠겨 들었다. 그걸 피아노 남자가 했구나. 나는 고인의 이름을 몰라서 그 광경을 절반밖에는 상상할 수 없었다. 나무 사다리를 본채 지붕에 괴어, 올라가서는 고인이 입던 옷을 높이 들고 긴 팔로 허공에 휘저으며 이름을 세 번. 고인의 이름은 대문 앞 조등 아래에 한자로 쓰여 있어서 나와 같은 오 씨라는 점밖에 알 수 없었다. 아빠는 지금 무슨 생각을 하고 있을까. 돌아가신 친척 형님의 이름을 세 번 부르는 생각?

갑자기 인터넷에서 본 이야기가 생각났다. 장례식장에서 의외로 하면 안 되는 행동. 그건 바로 부활입니다, 운운. 인터넷에서 본 글 얘기를 너무 많이 하는 건 아무래도 품위가 없는 느낌이지만 어쩔 수 없이 또 다른 글에 대한 생각도 이어서 났다. 일명 사이코패스 테스트라는 이야기.

유명한 사이코패스 테스트 첫 번째. 당신은 방금 살인을 저질렀다. 이 범행에 목격자가 있었다. 당신은 목격자도 처리할 생각이다. 목격자는 가까운 아파트 단지로 피신했고, 당신은 목격자가 숨은 건물 앞에서 검지를 까닥거리고 있다. 그 이유는 무엇일까?

사이코패스 테스트 그 두 번째. 어느 자매가 장례식에 참석했다. 자매는 장례식장에서 한 남자를 만났다. 집에 돌아온 후에 자매 중 한 사람이 다른 한 사람을 죽인다. 왜 그랬을까?

나는 사이코패스가 아니기 때문에 두 질문에 각각 이렇게 답했다. 손가락을 까닥거린 건 이리 내려오라는 뜻. 자매 살해는 자기 언니 또는 동생에게 질투를 느꼈기 때문.

말하자면 나와 언니가 먼 친척의 장례식에서 피아노 남자와 마주친 건, 인터넷에서나 볼 법한 공교로운 이야기라는 생각이 들었다.

사흘째 아침 피아노 남자가 다시 나타났다. 피아노 남자는 마을의 다른 남자들과 함께 본채에서 관을 들고 나와 상여에 실었다. 행렬 맨 끝에 선 나는 상여가 선산으로 가는 도중, 고인이 생전 가깝게 지내던 이웃들의 집 앞에 설 때에야

언뜻언뜻 피아노 남자를 볼 수 있었다.

조금 더 가까이에서 보면 좋을 텐데.

상주인 양 사흘 내내 상차림을 거들고도 나와 함께 맨 끝에 선 언니 곁에서 나는 피아노 남자만을 생각했다. 나 혹시 저 남자 좋아하나. 그건 조금 뒤늦은 깨달음이라는 자각이 곧장 들었다. 피아노 남자와 마주친 순간, 그 남자에게 발견된 순간, 유령일지도 모른다고 생각하면서도 그 남자를 계속 보고 싶다고 생각한 순간 나는 이미 피아노 남자에게 반해 있었으니까. 어쩔 수 없이 장례식에 참석한 자매에 대한 사이코패스 테스트 생각이 났다.

당연히, 언니를 죽여야겠다는 생각 같은 건 하지 않았다.

두견새

좋아하는 남자가 생기면 나는 이모할머니에게 간다.

길거리에서 이모할머니를 할머니라고 부르면 사람들이 놀란다. 언뜻 보기에 이모할머니는 할머니 같지 않으니까. 하지만 알고 보면 이모할머니는 나이가 아주 많다. 숙녀에게 나이를 묻는 것은 실례라고 선을 그으서서 정확한 나이는 모르지만, 엄청나게 많다는 것만은 확실하다. 이모할머니는 내가 태어나기도 전에 잠깐 LA에서 산 적이 있는데, 그때 딸과 며느리가 각각 남자 하나씩을 소개해 주었다고 한다. 할머니는 딸이 소개해 준 남자도 며느리가 소개해 준 남자도 마음에 들었기 때문에 두 남자를 다 만나려고 몸을 둘로 나누었다. 바로 그때 나이도 얼추 반으로 갈라졌다.

"그래도 내 쪽이 두 살 적어."

이모할머니가 자기 입으로 그렇게 말했으니 틀림없는 사실일 것이다.

"두리 너처럼."

이모할머니 댁은 나와 언니와 아빠가 사는 아파트 단지에 있었고 언니는 어디에서나 싹싹한 장녀 노릇을 하려 들었지만, 이모할머니 댁에는 좀체 발을 들이지 않았다. 이모할머니는 대놓고 하나는 싫고 두리만 좋다고 하는 분이셨기 때문이다. 덕분에 할머니는 내 독차지였다. 언니한테 물려 쓴 다른 모든 것들과는 완전히 달라서 나도 이모할머니가 좋았다.

"할머니, 나 좋아하는 남자 생겼어요."

"또?"

할머니는 운세를 보느라 화투패를 탁탁 놓으면서 무심히 대꾸했다.

"또, 라니 너무해. 이번엔 진짜예요."

장례식에 다녀온 지 일주일이 지났지만 피아노 남자에 대한 생각은 떨칠 수 없었다.

"어떤 남자인데?"

"잘은 몰라요. 길고 하얗고 예뻐요."

"가래떡처럼?"

"할머니, 촌스러워. 피아노 건반처럼."

"촌스럽기는, 말도 못 하고 끙끙거리는 네가 촌스럽지."

소파 팔걸이에 흘러내릴 듯이 이상한 자세로 힘을 풀고 있던 나는 단박에 몸을 일으켜 세웠다.

"어떻게 알았어요? 말 못 한 거."

"보면 알지."

할머니는 화투점을 다 맞추고는 흐음, 하고 긴 숨을 내쉬었다.

"두리 오늘 손님 오겠구나."

"내 운세 봤어요?"

"두견새는 데이트다."

이모할머니는 더 자세히는 말하지 않고 패를 모두 뒤집어 섞었다. 나는 할머니와 민화투를 몇 판 치다가 집으로 돌아갔다. 할머니가 손님이 온다고 했으니까. 화투점이란 간단한

뜻으로만 되어 있어서 해석하기 나름이며 워낙에 단순해서 신통한 괘를 낼 수도 없다고 할머니는 말했지만, 할머니의 화투점은 잘 맞았다. 섞고 떼는 사람이 마녀라면 아무리 별것 아닌 도구라도 용해질 수밖에 없는 것이다.

집에 가 보니 역시나 손님이 와 있었다.

"우리 구면이지?"

두견새는 데이트. 할머니 말이 다 맞았다. 현관에 들어서자, 언니와 나란히 소파에 앉아 있던 피아노 남자가 일어났다. 그런데 데이트는 누구하고의 데이트지? 피아노 남자는 왜 갑자기 우리 집에 왔을까. 나를 만나러? 언니와 데이트를 하러?

"두리 너, 나한테는 과외받기 싫다며."

언니가 넌더리 난다는 듯 얼굴을 찌푸리며 말했다. 언니가 뭔데 그런 표정을 짓지? 질색할 사람은 난데.

언니가 나를 앉혀놓고 공부를 시키던 것을 과외라고 보기는 어려웠다. 우선 언니는 나에게 아무것도 설명해 주지 않았고, 내가 무슨 질문이라도 하려 치면 한숨부터 푹 내쉬었다. 언니가 듣기에 너무 멍청한 질문이면 경고도 없이 정수리를 콱 쥐어박기도 했다. 아 씨, 이거 가정폭력이야. 그러면 언니는 아 씨? 가정폭력? 하고 되물으며 연거푸 주먹질을 해

댔다.

　너 같으면 좋겠냐? 그런 게.

　나는 언니한테 속으로 말대꾸하며 생글생글 웃었다. 언니는 의기양양한 태도로 피아노 남자를 내 앞으로 떠밀었다.

　"앞으로 선생님이라고 불러. 이 오빠 잘 가르친다고 소문이 자자해."

　피아노 남자는 쑥스러운 듯이 웃었다.

　"그 정도는 아닌데…… 참, 나는 문정언이라고 해. 너는?"

　"오두리예요."

　"하나 동생이라서 두리구나? 이름 예쁘다."

　하나 동생이라서 두리구나, 그런 말은 열아홉 평생 지겹도록 들었다. 하지만 이름이 예쁘다는 칭찬은 나쁘지 않게 들렸다.

　"선생님 이름도 예쁘네요."

　나는 고개를 숙이고 작은 소리로 말했다.

　"그런데 아빠도 알아? 나 언니 친구한테 과외받는 거."

　"그럼 알지 모르겠냐, 과외비를 누가 내는데. 아빠가 데려와 보라고 하더라, 저번에 평창에서 본 그 학생 괜찮아 보이던데 두리 과외시키면 안 되냐고."

　그럼 그렇지, 언니가 나 좋은 일을 해 줄 리 없지. 잠깐이지만 하마터면 언니한테 고맙다고 생각할 뻔했다.

"우리 언니랑 친해요?"

내가 불쑥 묻자, 피아노 남자, 선생님은 어색하게 웃었다.

"우리 친한가?"

"친하지, 그럼."

선생님이 묻고 언니가 답했다.

둘째

선생님에게도 형이 있다. 선생님처럼 우리 친척 아저씨하고 가깝게 지냈지만 군 복무 때문에 장례식에 오지 못했다고 한다. 이름은 문정음. 훈민정음의 정음, 그러니까 올바른 소리라는 뜻. 참고로 선생님의 이름은 올바른 말씀. 뜻도 좋은 이름이구나. 그렇지만, 그렇다면, 형 이름은 훈민으로 하고 선생님 이름을 정음으로 하는 게 낫지 않았을까?

"우리 부모님은 원래 아이를 하나만 가지려고 했던 게 아닐까."

내 의견을 밝히자, 선생님은 섭섭해하는 기색 한 점 없이 산뜻하게 말했다. 나도 비슷한 생각을 한 적이 있었다. 아이를 하나만 낳으려고 했기 때문에 언니 이름은 하나인 거라고. 처음부터 둘을 낳아 이름으로 짝을 맞추려 했다면, 언니 이름이 두리고 내 이름이 하나였어야 말이 된다. 그래야 '둘이 하나'가 되니까. 둘째 이름이 두리인 건 아무리 생각해도 그냥 머릿수를 세는 느낌이라 별로였다. 어떤 집에서는 하물며 반려견 이름도 작명소에 가서 받아온다던데, 왜 언니는 하나고 나는 두리일까. 동생이 없는 게 다행이었다. 만약 나 다음에 누가 또 태어났다면 걔 또한 숫자가 들어가는 성의 없는 작명을 면하지 못했을 테니까. 삼순이 아니면 삼돌이쯤이 고작이었겠지.

이름 뜻이나 가족 관계 같은 것을 알고 나니 선생님하고 무척 가까워진 것 같은 기분이 들어 좋았다. 선생님은 자, 이제 진도 나가자 하고 말을 돌렸다. 언니 말대로 선생님은 좋은 선생님이었다.

"우리 언니 학교에서는 어때요?"

"성실하지."

"대학교에서도 장녀 행세해요?"

내 물음에 선생님은 별안간 폭소를 터뜨렸다.

"그러네, 그렇게는 생각 못 해봤는데 학교에서도 장녀답네. 앞장서서 동기들 다 챙겨주고 교수님들께도 싹싹하고.

좋은 사람이야."

 내심 선생님이 언니 험담을 해 주지 않을까 싶었지만, 그런 이야기를 듣는 것도 나쁘지 않았다. 흥, 역시나 어딜 가서든 자기가 대장인 것처럼 구는구나. 겨우 두 살 많은 주제에 나한테 그러듯이.

"나이로는 선생님이 오빠잖아요."

"어른스러움에는 나이가 그렇게 중요한 게 아니더라."

 그렇게 말하는 선생님은 엄청나게 어른스러워 보였다.

 선생님이 집에 드나들게 되면서 가만 보니 언니는 선생님을 오빠라고 불렀다. 동기 사이라면서 웬 오빠냐고 물으니, 재수를 해서 한 살 많다는 답이 돌아왔다. 그게 또 미치도록 열받고 샘이 났다. 언니는 좋겠네. 나도 선생님한테 오빠라고 하고 싶다. 나도 선생님하고 같은 학교 가서 선후배 사이 되고 싶다. 나는 선생님 군대 갔다 오는 것도 기다려 줄 수 있는데.

 선생님은 일주일에 두 번씩 집에 왔다. 학교에서 멀지 않은 거리라서 큰 부담이 없다고 했다. 그럼 더 자주 오세요. 나는 무턱대고 그렇게 말하려다 간신히 참았다. 부담이 없다는 말은 예의 치레고 사실은 일주일에 두 시간씩 두 번도 상당한 정성이 필요하다는 것쯤은 나도 알았다.

둘 중에 하나

그걸로 충분하기는 했다. 나는 선생님을 알게 된 후 항상 선생님이 보고 싶었고, 장례식이 끝난 직후에 언제쯤 다시 볼 수 있을까, 한 번이라도 다시 볼 수나 있을까 공상만 하던 때에 비하면 지금의 상황은 호사스럽기까지 했다. 그런데도 모자라게 느껴지는 건 왜일까, 사실 나는 선생님이 보고 싶기만 한 게 아닌 걸까.

선생님도 나를 보고 싶어 할까.

선생님은 늘 다정하고 깍듯했다. 이상하게도 그래서 서운한 마음이 들었다. 좀 더 스스럼없었으면, 선 긋지 말고 선 넘어줬으면. 날 좀 더 함부로 대하고 내가 멋대로 구는 것도 받아줬으면. 언니처럼, 그래 마치 언니하고 그러는 것처럼.

생각이 거기에 닿자 어쩐지 참을 수가 없어졌다. 9시에 과외가 끝나고 나는 곧장 이모할머니 댁을 찾아갔다. 할머니처럼 보이지 않는 이모할머니는 사실 영락없는 할머니라서 리모컨을 켠 채 소파 앞 바닥에 앉아 꾸벅꾸벅 졸고 있었다.

"할머니, 나 부탁이 있어요."

"어쩐 일이야, 이런 늦은 밤에."

"9시가 무슨 밤이야. 할머니, 나 언니랑 바꿔줘요."

"뭘 바꿔 줘?"

"언니랑 나랑 바꾸게 해 주세요. 내가 하나 하고 언니가 두리 하게 해 주세요."

"이름을 바꿔 달라고?"

이모할머니는 자꾸 헛다리를 짚었고 나는 답답해서 가슴을 쳤다.

"그게 아니고, 할머니!"

언니랑 나랑 이름이 바뀌어야 한다는 생각은 이미 많이 했고, 그래서 진작에 포기했다. 이번에는 그게 아니었다. 나는 언니 이름을 갖고 싶은 게 아니고 그냥 언니가 되고 싶은 거였다. 선생님이, 정언 오빠가 내 머리를 마구 쓰다듬어 헝클어뜨렸으면 했다. 내가 노려보면 똑같이 마주 보다가 누가 먼저랄 것 없이 풋 하고 웃음을 터뜨리고 배를 잡고 웃어댔으면 했다. 그런 유치한 청춘 영화 같은 장면도 우리 일이라면 질리지도 않을 것 같은 예감이 들었다.

그러니까 그건, 오하나랑 문정언이 이미 서로 좋아하고 있는 것 같다는 끔찍한 예감이기도 했다.

애초에 아빠가 선생님을 마음에 들어 했다는 건 아빠 입으로 직접 들은 사실도 아니었다. 내가 선생님이라면 좋아하는 여자의 집에 드나들 구실이 있으면 좋을 것 같았고, 언니라면 동생 과외든 뭐든 좋아하는 남자를 자주 볼 수 있는 게 역시 좋을 것 같았다. 두 사람이 벌써 사귀는지 그렇지 않은

지는 아직 알 수 없지만 가운데에 놓인 나를 이용해서 호감을 더해보려는 수작을 부린다는 짐작은 어느 정도 타당하게 느껴졌다. 어느 쪽인지는 모르지만, 적어도 둘 중 한 사람의 속셈은 그럴 것이었다.

"난 또 뭐라고, 별일도 아니구나."

엉엉 울고 히끅히끅 숨을 몰아쉬며 자초지종을 이야기하자 이모할머니는 간단하게 일축했다. 그게 왜 별일이 아니죠? 나는 그렇게 묻고 싶었지만 질문은 내 생각처럼 날카롭게 나가지 못하고 모자란 숨에 꺾여서 바보 같아졌다. 그게, 왜, 흑, 별일이, 아니라는 거예요? 할머니는 웃음을 참지 못하는 얼굴로 말했다.

"누구든 자매랑 엮이면 동생을 더 좋아하게 되어 있어. 지나가는 사람들 붙들고 물어봐도 열에 아홉은 그렇게 말할 게다."

정언 쌤은, 그런 사람, 아니면, 어떡해요. 더 어리다고, 좋아하는, 그런 사람, 아닐걸요. 정언 쌤은.

"글쎄 그건 어려서가 아니라, 살아보니 왠지 그래서 그렇다고 하는 거야. 정말 그 총각이 너희 언니를 좋아하는 걸로 밝혀지면 그때 가서 바꿔 주마."

역시 그렇죠, 이모할머니는 할 수 있죠? 소리 내서 말하지 않았는데도 할머니는 내 마음을 읽은 듯이 고개를 끄덕였다.

초대

"이렇게 하자."

선생님은 노트에 숫자 5를 쓰고 밑줄을 두 번 그었다.

"중간고사에서 반 등수 5등 안에 들면 우리 학교 축제에 초대할게."

겨울에 시작한 과외가 석 달가량 이어질 동안 내 집중력은 점점 떨어져 갔다. 여전히 선생님이 좋았지만, 공부를 열심히 해서 선생님한테 잘 보이려 해 봤자 선생님은 내가 아니라 언니를 좋아할 거라 생각하니 영 동기부여가 되지 않았다. 대학 축제라, 나는 펜대를 획획 돌리며 고민하는 척을 했다. 별로 혹하지 않은 것처럼 보이고 싶었지만 속으로는 발을 동동 구르고 있었다.

"축제, 뭐가 재미있는데요?"

"음, 우리 학교에는 연못이 하나 있는데."

"알아요."

언니가 입학할 무렵에 캠퍼스 구경을 간 적이 있어서 선생님이 어디를 말하는지 상상할 수 있었다. 겨울이어서였는지 기러기 같기도 하고 청둥오리 같기도 한 어두운 몸 색의 물새들이 옹기종기 모여 있는 물가를 둘러싸고 정자가 서너 군데 있었다. 캠퍼스가 예쁘고 명문이라 이름이 자자한 학교에 간 언니한테 샘이 나서 괜히 연못물이 더럽다고 흉을 본 기억이 났다.

"대동제 기간에는 교내 수영 동아리에서 보트를 띄워."
"수영 동아리가요?"
"이상하지? 왠지는 잘 모르겠지만 전통이래."
"그게 뭐가 특별해요?"
"축제에서 같이 보트를 타면 사랑이 이루어진다는 전설이 있대."

의욕이 말 그대로 샘물처럼 솟아나는 말이었다.
"재미있겠다."
"그렇지? 그러니까 공부 열심히 하자."

어려서부터 아빠는 언니보다 내 쪽이 머리가 좋다고 말해왔지만 나와 언니는 그 말을 그리 귀담아듣지 않았다. 결과적으로 공부를 잘한 건 언니였고 내가 머리가 좋다는 건 아빠의 주관적인 믿음에 불과했으니까. 두리가 마음만 잡으면 하나보다 공부 더 잘할 수 있을 텐데, 고등학교 2학년이 될 무렵부터 아빠는 염불 외듯 그런 말을 늘상 했고 그러면 공부를 하려다가도 의욕이 꺾여서 그냥 포기해 버리곤 했다.

만약에 열심히 했는데 언니보다 못하면?

차라리 열심히 하지 않아서 성적이 그저 그런 거라 믿는 편이 나았다. 사실은 머리가 좋지만, 열심히 하지 않았을 뿐이라고. 대학교 축제에 가서 선생님과 함께 보트에 탈 생각을 하니 난생처음으로 희망이 생겼다. 선생님은 언니보다 잘하라는 말 같은 건 하지 않았으니까. 반에서 5등 안에만 들라고 했으니까.

생각해 보면 선생님을 좋아한다고 말하지 못하는 이유도 그동안 공부를 열심히 하지 않은 까닭과 같았다. 기껏 용기를 내서 좋아한다고 했는데 미안, 나는 하나를 좋아해, 라는 답이 돌아온다면? 그게 아니어도 최소한 미안, 나 이제 두리 못 가르치겠다, 라는 답이 돌아온다면. 축제 보트 이야기를 들으니 이런저런 두려움들이 싹 잊혔다. 선생님은 내게 기회를 준 거였다. 조건부 초대는 이제 내게 고백해도 괜찮아, 라는 말처럼 들렸다. 반에서 5등 안에 들면 나랑 보트를 탈 수 있어, 라는 말.

선생님은 노를 젓겠지. 낡은 보트는 기우뚱거리면서도 힘차게 연못 가운데로 나아가겠지. 수련이 피어 있는 연못은

몽환적이고도 로맨틱할 거야. 나는 흔들리는 보트가 무서운 척 슬며시 선생님 가까이 자리를 옮기고, 마침, 튀어 오른 물에 내가 젖을까 봐 선생님이 감싸주는 거지.

바로 그때 내가 고백을.

"오두리, 내 초록색 모자 못 봤냐?"

책상 앞에 앉아 이어가던 공상에 갑자기 언니 목소리가 끼어들었다. 하여튼 산통 깨는 데 뭐 있다니까.

"못 봤어."

"아, 발 달린 것도 아니고 그게 어딜 갔대."

언니는 중얼거리며 자기 방으로 돌아갔다. 나는 가슴에 손을 얹어 떨림을 가라앉혔다. 눈치는 왜 저렇게 빠른 거야, 누가 장녀 아니랄까 봐. 언니 모자는 내가 숨긴 게 맞았다. 이모할머니가 알려준 비법대로라면 그게 나의 비장의 무기가 될 터였다.

"팔찌나 반지, 카디건, 뭐든 좋으니까 너희 언니가 몸에 걸치는 것 하나 챙겨둬라. 모자, 그래 모자가 좋겠다. 모자는 홀떡 썼다 벗었다 할 수 있으니까. 그게 표시가 되는 거야."

할머니는 쩝 하고 입을 떼더니 두리 너 초혼이라고 아니, 하며 이야기를 시작했다.

"초혼은 생신(生身)에도 할 수 있다. 날 생에 몸 신 써서,

산 사람 몸에도 할 수가 있단 말이야. 언니 이름을 세 번 부르고 모자를 쓰면 언니 혼이 나올 게다. 네 혼은 갈 곳을 잘 아니까 그다음부터는 가르쳐줄 것도 없다."

"그렇게 쉬워요?"

"쉽다고 아무나 되는 건 아니다. 내 기운을 조금 나눠줄 테니 아무 데나 쓰지 말고 꼭 한 번만 그리 해라. 알겠지? 이름 부르는 도중이나 모자를 쓰기 전에 언니가 대답을 하면 혼이 빠져나오지 않으니까 얼른 해야 한다."

내 작전은 이랬다. 첫째, 일단 축제에 가서 언니랑 나랑 선생님 셋이서 축제 구경을 다니자고 제안한다. 자연스러운 제안처럼 보일 테니 아무도 거절하지 않을 것이다. 둘째, 화장실에 가는 척하며 언니랑 선생, 둘만 남겨두고 이모할머니가 알려준 대로 생신 초혼술을 한다. 셋째, 내가 언니 몸에 들어가서 선생님께 고백한다. 아무 낭만도 없이 건조하게 좋아한다고만. 그러면 선생님이 당황하며 얼버무리거나 그 자리에서 칼같이 거절하거나 할 것이다. 그것으로 작전 끝. 나는 아무것도 모르는 척 선생님이랑 보트를 타면 된다.

그러자면 일단은 선생님의 초대 조건에 합격해야만 했다.

구조

머리는 두리가 더 좋다는 아빠의 평가가 영 빈말만은 아니었는지, 나는 중간고사에서 기어이 5등을 했다. 소식을 전하자, 전교 5등도 아니고 반 5등이 뭐라고, 하며 언니는 비웃었지만, 선생님은 나보다 더 기뻐했다.

"축제 너무 재미있겠다, 그치? 두리야."

네, 선생님. 나는 음모를 꾸미는 악당답게 속으로 웃으며 답했다.

대망의 축젯날, 나는 일부러 교복 차림 그대로 선생님이 다니는 학교에 갔다. 교복을 입은 여자애를 보면 남자들이 어떤 표정을 짓는지 알기 때문이었다. 선생님은 이미 여러 번 내가 교복을 입고 있는 모습을 보았고 그동안 그다지 이상한 반응을 보인 적이 없었지만, 다른 사람들 앞에서라면 교복 입은 나하고 같이 있는 걸 으쓱해 할지도 모른다고 생각했다.

"어우 오두리, 집에 가서 옷 갈아입고 오지."

지하철역에서 나를 맞이한 사람은 언니였다.

"선생님은?"

"바쁘지, 과 주점 일 돕느라. 나도 바쁜데 너 때문에 잠깐 나온 거 아냐."

 동생 좀 데리러 나온 게 뭐 대단한 일이라고 생색내기는. 나도 약속이 있어서 온 몸인데 그렇게 면박 줄 일인가. 하지만 예상보다 더 쉽게 일이 풀릴 것 같아서 신이 났다.

 "빨리 가자. 왜 그렇게 꾸물거려?"

 왜긴, 가방에 들어있는 언니 모자 꺼내느라 그러지. 나는 가방에 손을 넣고 모자챙을 쥔 채로 언니 이름을 세 번 불렀다. 오하나, 오하나, 오하나. 언니는 내가 무슨 짓을 하는지 모르겠다는 듯 눈을 가늘게 떴고 뭐라 말하려 입을 열었지만, 나는 언니가 목소리를 내기 전에 덥석 모자를 썼다.

 순간 의식이 쑥 끌려 나가는 듯하더니, 누가 또 쑥 끌어당기는 것처럼 어딘가로 빨려 들어갔다. 나는 몇 번인가 눈을 깜빡여 보았다. 눈앞에는 언니 모자를 쓰고 있는 내 몸이 있었다. 얼빠진 표정을 짓고 우두커니 서 있는 내 몸 주변을 민들레 홀씨 같은 빛이 빙빙 돌고 있었다.

 통했다. 이모할머니가 가르쳐준 술법이 통했어.

 저건 아마도 언니의 혼이겠구나.

 언니의 혼은 이 몸에 들어가도 괜찮은지 모르겠다는 듯 내 몸 주변을 떠돌고 있었다. 미안하지만 더는 신경을 쓸 수 없었다. 이모할머니는 초혼술을 어떻게 쓰는지만 알려주고 이 술법이 언제까지 유효한지, 원래 몸으로는 어떻게 돌아가는지 같은 것은 알려주지 않았으니까. 선생님을 만나기도 전에, 예를 들어 학교에 들어가려고 찻길을 건너다가 혼이 다시 빠지기라도 하면 기껏 세운 작전이며 축젯날이라는 절호의 기회 따위가 모두 허사가 될 터였다.

 미안 언니, 잠깐 몸 좀 빌릴게.

 나는 태연히 언니 휴대폰을 꺼내서 언니 손가락으로 잠금을 해제하고 문정언이라는 이름을 찾아 전화를 걸었다.

 "어, 하나야. 두리는?"

 "아직인가 봐. 그런데 오빠, 잠깐 연못가로 나올 수 있어?"

 "지금?"

 "응, 지금."

 나는 숨 가쁘게 언니의 몸을 움직여 연못가에 다다랐다. 환히 웃으며 손 흔드는 선생님을 보니 어쩐지 눈물이 날 것 같았다. 괜스레 소리를 높여 오빠, 하고 부르고 보니 결국에는 눈물이 터져 나왔다.

 "왜 울어, 하나야."

 선생님한테 스스럼없이 오빠라고 하는 게 이렇게 벅찬 일인 줄 몰랐으니까요.

 "좋아해, 오빠."

"응?"

"나 오빠 좋아해."

나는 작전대로 그렇게 말했다. 무미건조하게 말하려던 애초의 계획은 물 건너간 참이었지만, 내 마음이 그 말과 다르지 않다 보니 언니의 입을 빌린 고백인데도 속이 후련했다. 그리고 이건 이것대로 정떨어지지 않을까. 갑자기 울면서 고백하는 여자라니, 미친 사람 같잖아.

하지만 선생님은 언니의 손을 잡으며 대답했다.

"새삼스럽다, 하나야."

안에 담긴 게 내 혼이라는 사실을 모른 채로.

"두리 올 때까지 아직 시간 있으면 지금 보트 탈까?"

시야가 마구 흔들렸다. 그대로 내 혼이 언니의 몸을 빠져나가도 이상하지 않을 것 같았다. 아, 그렇구나. 역시 그랬구나. 두 사람은 이미. 벌써 그렇게 된 거였구나. 그러고 보니 그렇네. 선생님은 나한테 축제에 오라고 했고 학교 축제에서 보트가 유명하다고 했을 뿐 나랑 같이 보트에 타고 싶다고 하지는 않았다.

그렇다면 나는 대체 뭘 위해서 이 모든 짓거리를.

"그만 울어, 잘은 모르지만 내가 다 잘못했어."

할머니, 나 어떡해요. 선생님이 언니를 좋아한대요. 언니의 몸에 실린 내 혼은 울음을 그치지 않았고 선생님은 언니의 양 어깨를 문지르며 간이 선착장으로 이끌었다. 선생님의 손은 따뜻했고 그래서 더 서러웠다. 보트 대여를 책임지고 있는 수영 동아리 사람들은 우는 언니를 보고 선생님이 억지로 데려온 게 아닌지 미심쩍어했고 선생님은 둘이 사귀는 사이가 맞다고 해명하며 진땀을 뺐다.

"하나야, 타기 싫어?"

여기서 내가 언니의 입으로 그렇다고 하면 두 사람은 헤어질까? 하지만 나는 선생님과 함께 보트에 타고 싶었다. 몸은 언니의 몸이지만 혼은 내 것이니까 보트를 타고 나면 선생님이 나를 좋아하게 될지도 모른다고 생각했다. 내가 언니의 고개를 젓자, 선생님은 뱃삯을 치렀고 우리는 구명조끼를 입은 채 나란히 보트에 탑승했다.

"오늘 하나 이상하다. 우는 건 처음 보네."

그야 나는 언니가 아니니까요. 나는 속으로 퉁명스럽게 대꾸했다. 나도 언니가 우는 건 본 적이 없었다. 한들한들 바람이 우리 사이를 지나갔고 선생님이 아무리 열심히 노를 저어도 보트는 제자리를 빙글빙글 돌기만 할 뿐 좀처럼 앞으로 나아가지 못했다. 하긴 저런 가느다란 팔로 무슨 힘을 쓰겠나. 악의는 터럭만치도 없었지만 자연스럽게 그런 생각이 들었다. 실컷 울고 난 후라 그런지 마음이 가뿐하고 허전했다. 조용한 5월의 명문대 축제, 연못 한가운데, 이상한 고요 속에서 나는 선생님에 대한 마음을 단념해야겠다고 마음먹고 있었다. 언니의 몸에 실린 채로.

"야 오두리!"

괴성이 들려온 것은 그때였다. 언니의 혼이 실린 내 몸이 씩씩거리며 달려오고 있었다. 좆 됐다. 여태 언니를 잊고 있었네, 언니 몸을 빌렸으면서 잘도 잊었네. 언니는 뭐가 어떻게 된 건지 어렴풋이나마 눈치챈 게 분명했다. 좋아하는 오빠와 보트를 탈 기회를 놓친 데다 정신을 차리고 보니 동생의 몸에 빙의한 상태니 모르긴 해도 머리끝까지 화가 났을게 분명했다. 과연 언니는 씩씩거리며 달려오더니 아무런 망설임도 없이 연못에 다이빙했다. 자기 몸도 아닌 내 몸으로.

"두리야!"

선생님은 창백한 얼굴로 비명을 질렀다. 일이 이렇게 되어서인지 정이 뚝 떨어지는 모습이었다. 그렇게 걱정되면 지가 구해주든가. 보트 위에서 새된 소리만 꽥꽥 지르고 있다니. 구명조끼까지 챙겨입어 놓고서. 물에 빠진 게 내 몸이 아니라 언니 몸이었어도 선생님은 망설였을까? 그런 생각을 하며 나는 아무런 죄책감도 없이 선생님을 밀었다. 웬만한 여자보다도 선이 곱고 가느다란 선생님의 몸은 아무 저항감 없이 물에 빠졌다.

이것도 참, 전형적인 상황이구나.

혼자 보트 위에 남은 나는 씩씩대며 보트 쪽으로 헤엄쳐 오는 내 몸을 보며 생각했다. 내가 방금 전까지 좋아하던 남자와 세상에 둘도 없는 내 몸이 물에 빠져 있네. 누굴 먼저 구해야 할까?

정답은 두 번 생각할 것도 없었지만 어쩐지 그렇게는 하고 싶지 않았다.

| 작가의 말 |

양자택일 극단적이야 넌[*]

마침표를 찍고 나서 다시는 거들떠보지 않게 되는 소설이 있고, 나도 모르게 자꾸자꾸 들여다보게 되는 소설이 있다. 잘 썼는지 못 썼는지의 문제가 아닌 것 같다. 내 생각에 자기가 쓴 소설을 보고 또 보게 되는 심리는 다음 두 마음의 사이에 있다. 손에 낀 반지를 보려고 손등을 연신 하늘에 치켜올려 보게 되는 마음과 생리혈이 새진 않았는지 살피느라 모가지를 등 뒤로 홱 돌리게 하는 마음. 이중 어떤 마음에 가까울지는 모르지만 「둘 중에 하나」도 자꾸자꾸 확인해보고 싶은 소설이었다.

……라는 말이 무색하게, 한동안 이 소설을 잊고 지내기

---

[*] 꿈의 라이브 프리즘스톤 채우리 「Blowin' in the Mind」에서

도 했다. 완성한 지 꼬박 한 해가 넘었고 그사이에 나는 장편소설을 두 권 썼으며…… 작가의 말을 요청받아 아 맞다, 이런 소설이 있었지, 하고 다시 펼쳐보니 이제는 내가 모르는 소설처럼 새뜻하다. 이 소설을 쓸 무렵의 나는 자기가 무엇을 원하고 바라는지를 솔직하게 인정하고 거침없이 돌진하는 여자아이를 좋아했던 것 같다. 그 직설적인 욕망과 역설적으로 꼬인 심사가 얄밉게 여겨질 수도 있겠지만, 가능한 귀엽게 봐 주셨으면.

기회가 되는 대로 두리와 요술쟁이 이모할머니가 나오는 소설을 또 쓰고 싶다.

오전 8시. 알람이 울렸고, 동시에 방향을 종잡을 수 없는 까마득한 어디에서 세계가 무너졌다. 세계는 오후 5시 무렵 한 번 더 무너질 것이다.

계절이 두 번 바뀌도록 지하철 공사가 이어지고 있었다. 아파트 바로 밑으로 지하철이 지나갈 예정이었다. 공사 소식은 이 아파트로 이사하고 두 계절이 지나서야 들었다. 지하로 터널을 뚫으려면 하루 두세 차례 발파가 필요했는데, 그 말은 하루에 적어도 두세 번은 내 집 바로 아래 세계가 반복적으로 무너진다는 뜻이었다. 관리사무소는 발파 전 예고 방송을 하기도 했는데, 딱히 규칙적으로 하지는 않았고, 예고를 들었던들 발파가 몰고 오는 공포와 진동까지 막아 주지는 않았다. 지금 생각해 보면 아파트 전세 계약을 할 때 80대 노인인 집주인이 낡고 녹슨 거실 조명을 LED로 바꿔 달라는 내 요구는 딱 잘라 거절했으면서("멀쩡한 전등을 왜 갈아? 정 아쉬우면 아가씨가 직접 사다 갈든가. 내가 그것까지는 뭐라 못하지.") 전세 보증금을 500만 원 깎아 달라고 한번 던져 본 말은 내심 놀랐을 정도로 흔쾌히 들어주었던 게 지하철 공사와 관련이 있지 않았을까 싶다. 집주인은 조명 교체에 들어가는 몇만 원은 아끼면서 그보다 큰돈은 선뜻 양보할 줄 아는 '알뜰한 찐부자'(부동산 중개인의 표현이다)가 아니라, 몇 년간 이어질 지하철 공사 소음 때문에 세입자를 구하기 어려운 상황에 나처럼 물정 모르는 사람이 나타나자, 보증금을 깎아주면서까지 덥석 물어야겠다고 마음먹은 노련한 승부사였을 뿐이었다. 결국 나는 시세보다 500만 원 싼 보증금을 내고 30년도 넘은 낡은 20평 아파트에 들어와 조명뿐만 아니라 수도꼭지며 샤워기, 전등 스위치, 문손잡이 등등을 내 돈으로 직접 교체하고 부분 도배와 부분 페인트칠까지 하며 이만하면 심적으로나마 내 집으로 삼을 수 있겠다 안도했을 딱 그때, 예상하지 못했던 공사 소음과 마주쳤다. 처음에는 층간 소음인 줄 알았다. 방향을 꼭 집어 말할 수 없는 막연한 곳에서 우르릉 쾅쾅 촤르르 뭔가 무너지는 소리가 들리더니 곧

이어 척척척척 일정한 박자로 망치질하는 소리가 들렸다. 어느 집에서 세간살이를 전부 집어 던지며 격렬한 싸움을 벌이나? 누가 꼭두새벽부터 망치질하지? 어느 부지런한 사람이 한밤중에 저리 꾸준한 속도로 러닝머신을 뛰는 걸까? 그것도 몇 시간 동안? 나처럼 생각하는 사람이 많았는지 층간 소음을 호소하는 민원이 빗발치자, 관리사무소는 해명 방송을 했다. 우르릉 쾅쾅 촤르르 소리는 지하 터널을 뚫기 전 발파음이고 척척척척 망치질 소리는 기계가 터널을 뚫고 지나가는 소리라고 했다. 그제야 아파트 주변에 걸린 플래카드와 ("무서워서 못 살겠다! 안전 진단 시행하고 소음 피해 보상하라!") 상가에 붙은 이질적인 간판이("○○아파트 지하철 공사 피해 보상 주민 대책위원회" "피해 보상 주민 대책위 강제 해산을 위한 주민 혁신위원회") 눈에 들어왔다. 아파트 정문 오른쪽에 높은 담장으로 둘러친 곳이 지하철 입구 공사장이라고 했다. 편의점에 담배와 우유를 사러 나갈 때나 음식물 쓰레기를 버리러 갈 때 공사장 담장 위로 삐죽이 솟은 크레인을 올려다보며 생각했다. 저곳이 하루에도 몇 번씩 세계가 무너지는 멸망의 진원지구나.

오늘 아침 나의 세계는 평소보다 더 참담하게 무너졌다. 발파음과 함께 간밤 술자리에서의 실언과 망동이 고스란히 떠올라 버렸다.

언니라고 불러도 돼요?

이건 막내 편집자의 말이었고,

싫습니다!

이건 나의 반사적인 대답이었다. 유쾌했던 술자리가 싸늘하게 식는 게 피부로 느껴졌다.

데뷔 10년 기념으로 낸 첫 산문집이 출간 한 달 만에 3쇄를 찍으면서 편집부에서 마련한 축하 자리였다. 와인을 곁들인 저녁 식사는 출판사에서 냈고 2차와 3차는 내가 냈다. 3차로 간 일본식 주점에서 다들 긴장이 풀리고 흥이 올라 저마다 많이 웃고 떠들었다. 저자와 편집자 사이의 적절한 거리를 지켜 왔던 평소의 깍듯함이 조금씩 허물어지더니 어느새 동종업계 종사자들끼리의 편안한 수다와 푸념이 이어졌다. 어느 출판사의 경영 태도가 도마 위에 올랐고 모 중견 평론가의 괴벽이 가십거리가 되었다. 사실 가장 많이 풀어진 사람은 그 자리에서 나이도 제일 많고 하는 일 없이 거저 '선생님' 소리를 듣는 나였다. 나는 젊은 편집자들의 불평에 맞장구치고 그들의 한탄을 위로하며 어떤 말을 해도 안전하다는 분위기를 만들었다. 새벽 1시에서 2시로 넘어갈 무렵, 산문집의 책임 편집을 맡았던 막내 편집자가 터질 것같이 붉은 얼굴로 말했다. 선생님! 냉정한 분인 줄 알았는데, 의외로 따순 사람! 그리고 강아지 같은 눈망울을 동그랗게 치뜨고 말했다. 언니라고 불러도 돼요? 순간 술이 확 깼다. 다른 편집자들도 어쩐지 재미난 구경거리를 만난 사람들처럼 호기심을 담뿍 담은 눈빛으로 이쪽을 보았다. 딱딱하게 굳는 내 표정이 느껴졌다. 싫습니다! 내가 들어도 야박한 소리가 튀어나왔다.

알람을 끄면서 보니 밤새 막내 편집자에게서 문자 메시지가 와 있었다. 안경을 쓰지 않아서 제대로 읽을 수는 없었지만 대강 '무례' '죄송' '선생님' '다시는' 같은 단어가 보였다. 침대에 누운 채 이대로 꺼지고 싶었다. 한동안 이들의 술자리에서 내 이야기는 모 평론가의 괴벽보다 더 자주 끌려 나오는 안줏거리가 될 것이다. 나이 차 따위 상관없다는 듯 친근하게 굴 때는 언제고 막상 언니라고 불러도 되냐니까 정색하고 가 버리는 거 있죠? 그놈의 선생님 소리, 죽어도 포기가 안 되는 거지. 솔직히 스무 살 가까이 차이 나는 제가 언니라고 불러 주면 오히려 그쪽이 황감해야 하는 거 아니에요? 싫으면 싫었지, 싫습니다!는 또 뭐야? 필경사 바틀비인 줄! 온갖 비난의 말들이 다양한 목소리로 재생되었다. 숨이 잘 쉬어지지 않았다. 두 번째 장편소설이 처참하게 실패했을 때

처음 공황이 왔고, 2년 정도 정신과 약을 먹었다. 약을 끊은 지 2년이 넘었지만, 여전히 감당할 수 없는 감정이 찾아오면 호흡부터 문제를 일으켰다. 몸을 반듯하게 하고 정신과에서 배운 응급 호흡법을 시작했다. 하나 둘 셋, 들이쉬고, 하나 둘 셋 넷 다섯, 내쉬고. 하나 둘 셋, 하나 둘 셋 넷 다섯. 호흡은 엉켰다가 풀렸다가를 반복하며 서서히 제 속도를 찾아갔다. 눈꼬리에서 물 같은 것이 흘러나왔다. 몸은 꼼짝도 할 수 없는데 머리 혼자 분주했다. 싫습니다! 야멸찼던 내 대답이 반복 재생되었다. 언니라고 불러도 돼요? 싫습니다! 언니 소리 듣는 게 싫은 게 아니야! 언니라는 역할에 갇히기 싫은 거야. 이건 내 목소리로 재생되지 않았다. 실제로 들어 본 말도 아니면서 이 절박한 호소는 이제는 잊은 줄만 알았던 그 사람의 목소리로 들렸다.

*

 순영을 처음 만난 건 대학 입학식 날 저녁, 기숙사 복도 끝 방에서였다. 입학식이 끝나고 각자 배정된 기숙사 방에 가 짐을 풀고 고향에 돌아가는 가족을 배웅하고 나자 2인실에는 어색한 침묵뿐이었다. 룸메이트와 서로 등을 지고 각자

책상 앞에 앉아 있는데(간간이 룸메이트 쪽에서 콧물을 훌쩍이는 소리가 들렸고, 나는 저 애가 감기에 걸린 걸까, 울고 있는 걸까 궁금했다) 누군가 방문을 두드렸다. 복도 끝방에 2층 신입생들이 전부 모여 '파티'를 한다고 했다. 그날 처음 만난 룸메이트와 다소 쭈뼛거리며 가 보았더니 2인실에 열두 명 정도가 모여 있었다. 의자와 침대 가장자리는 물론 침대 위까지 촘촘히 들어앉아 있었고 두어 명은 서 있었다. 방 주인은 부산에서 올라온 쾌활한 여자애였는데, 매점에서 과자며 음료수를 잔뜩 사다 풀어 놓고(어디서 구했는지 캔 맥주도 있었다) 모임을 주도했다. 2층 신입생이 얼추 모이자 돌아가며 자기소개가 시작되었다. 나중에 알게 된 사실인데 기숙사 입주생 가운데 70퍼센트 이상이 경상도 출신이었고 나머지가 전라도, 충청도, 강원도, 제주도 출신이었다. 기숙사 표준어가 경상도 사투리라는 농담도 있었다. 내 귀에는 전부 같은 유쾌한 억양으로 들렸는데 경상도 출신끼리 진주 말은 좀 특이하다거나 경남과 경북의 악센트가 완전히 다르다거나 어떤 발음은 '죽었다 깨어나도' 안 된다거나 해서 좀 신기했다. 내 차례가 되어 소개를 시작했는데(대전에서 여고를 나왔고, 생일이 1월이라 남들보다 한 살 어리며, 부모님의 권유로 사범대에 진학했지만, 아직 교사가 장래 희망은 아니다, 서울은 처음이고 길눈도 어두워 캠퍼스 생활이 걱정된다 등) 방 안이 일제히 조용해졌다. 뭐가 잘못됐나 싶어 입을 다물자 잠시 정적이 흘렀다. 이윽고 방 주인이 특유의 경쾌한 억양으로 침묵을 깼다. 와! 충청도 말은 억수로 언언-하고 잔잔-하네? 다른 애들이 와르르 웃음을 터뜨렸다. 내 나이가 한 살 어리고 몸집도 눈에 띄게 왜소해서 그랬을까? 방 안의 신입생들이 갑자기 오랜만에 만난 사촌 언니들처럼 내 앞으로 과자 봉지를 밀어주고 종이컵에 콜라를 채워 주며 말을 걸었다. (누군가는 "니 쫌 귀엽네?"했다.) 명절날 큰집 뒷방처럼 흘러가는 분위기가 그리 싫지는 않았다. '언니'는 나이 차가 많이 나는 오빠만 둘 있는 내가 오래도록 소망해 왔던 존재였으니까.

들뜬 마음에서 벗어나 정신을 차려 보니 또 다른 신입생이 경상도 억양으로 자기소개를 하고 있었다. 대구에서 남녀공학을 나왔고(정말로 방 주인 부산 여자애와는 문장을 시작하는 악센트가 달랐다) 대구에서 1년, 서울에서 1년, 삼수해서 남들보다 두 살 많지만 같은 학번이니 편하게 친구로 대해 달라고 했다. 그러더니 내 쪽을 지긋이 보면서 아이들에게 문학의 소중함을 알려주는 국어 교사가 꿈이라고 했다. 알고 보니 그는 나와 같은 과였다. 나도 모르게 눈을 동그랗게 떴는지 그 사람이 나를 향해 싱긋 웃었다. 방 안의 대부분을 차지하는 경상도 여자애들이 거의 호쾌하고 왁자지껄한 분위기였던데 반해 그 사람은 말투가 나긋나긋했고 동작도 차분했다. 그날 저녁 복도 끝방은 입시지옥을 통과해 원하던 대학에 들어왔다는 안도감과 비로소 떳떳한 성인의 삶이 시작되었다는 기꺼움, 자기 앞에 붉은 주단이 펼쳐졌다고 믿는 사람들 특유의 자긍심 등으로 터져 나갈 것 같았다. 파티를 마치고 우리 방으로 돌아왔을 때 대구 출신에 무역학과 신입생이라는 룸메이트가 지나가듯 말했다. 그 삼수생 언니, 우리 고등학교 1년 선배거든? 별명이 천사다, 천사. 진짜 착해. 오죽하면 생일도 10월 4일이란다. 일공공사, 천사. 룸메이트의 말을 흘려듣는 척 칫솔을 주섬주섬 꺼내던 나는 '천사'보다는 '언니'쪽에 방점을 찍었고, 그 사람을 스스럼없이 '언니'라고 부른 룸메이트가 부러웠다.

순영과 나는 시간표가 비슷해 과방에서 강의실에서 자주 마주쳤다. 내가 순영이 신청한 선택 교양 수업을 따라 듣고, 순영이 기웃거린 과 학회를 따라 기웃거렸기 때문이었다. 결국, 1학기가 시작된 지 한 달 후 나는 과에서 가장 인기 없는 '함께 읽는 세계'라는 학회에 들어가 순영 옆에서 마르크스와 엥겔스를 읽고 있었다. 우리끼리 '함읽세'로 줄여 부르는 이 학회의 선배들은 왜 국어 교사가 되려고 국어교육학과에

온 우리가 마르크스와 엥겔스를 읽어야 하느냐는 어느 신입생의 질문에는 똑 부러지게 대답하지 못하면서 명절에만 과도하게 친근한 사촌들처럼 수상쩍게 잘해 주었다. 함읽세는 세계 고전문학을 함께 읽는 '문학만세'나 교육 현장의 이모저모를 고민하는 '참교육 참세상'에 비해 인기가 바닥이었다. 함읽세 신입 회원 중 순영이 가장 열심이었고, 다른 애들은 호기심에 끌려왔지만 내내 경계심을 풀지 못하는 어정쩡한 태도로 일관했으며, 오직 순영 때문에 온 나는 무슨 말인지 잘 모르겠는 텍스트를 읽는다기보다는 억지로 눈에 처바르는 수준이었다. 학회는 일주일에 한 번 늦은 오후 빈 강의실을 찾아다니며 만났는데, 선배들은 안전하게 가명을 써서 말하자고 했다. 이 넓은 캠퍼스 강의실마다 도청 장치라도 되어 있다는 말인가? 나는 선배들의 과한 경계심이 조금 우스웠지만(때는 바야흐로 최초의 문민정부를 거쳐 최초의 정권 교체를 이룬 새천년이 아니었던가) 그저 분위기를 잡으려는 선배들의 구습이려니 여겼다. 솔직히 내 본명이 마음에 들지 않아 가명을 쓰자는 제안이 반갑기도 했다. 늦둥이 막내딸에게 집안의 항렬자로 이름을 지어 주고 싶었던 늙은 아버지의 마음은 애틋했지만, 천자문만 들쳐 봐도 무수한 한자 중에 왜 굳이 '순할 순'자를 골라 차영순이라는 이름을 지었는지는 이해하고 싶지 않았다. (나보다 열 살 많은 큰오빠는 차영웅, 여덟 살 많은 작은오빠는 차영빈인 걸로 봐서 아버지의 미감이 그리 후지지는 않았다.) 내 또래에 '순'이나 '자'를 넣은 여자애 이름은 흔치 않았다. 당시 텔레비전에서 한창 활동하던 배우들도 희라니 시라니 상아같이 세련된 본명을 달고 있었다. 내 이름이 싫은 건 단순히 '촌스러워서'가 아니라 어쩐지 성의 없이 지었거나 아니면 굉장히 성의 있게 모종의 이데올로기를 심어 놓은 이름으로 보였기 때문이다(아들들 이름에는 무려 '수컷'이나 '빛나라'라는 뜻을 심어 주었으면서 딸 이름에는 그저 순하라니. 순하라니!).

함읽세 첫날 각자 가명을 지으라는 선배들의 주문에 신입생들이 조용히 머리를 굴리고 있을 때 옆자리 순영이 내 귀에 대고 속삭였다. 우리 서로 이름을 빌려줄래? 나는 네 이름을 빌려 '순영'이 될게. 너는 내 이름을 가져다가 '수은'이 되면 어때? 그렇게 차영순은 홍은수의 이름을 빌려 수은이 되었고 홍은수는 차영순의 이름을 빌려 순영이 되었다. 그때부터 순영은 내게 줄곧 순영이었고, 차수은은 내 필명이자 정식 개명 후에는 새로운 본명이 되었다. (간밤 막내 편집자가 선생님은 진짜 '차가운 수은'처럼 냉정한 분위기가 간지 나요. 어쩜 이름도 차수은이래요? 하고 '주접 멘트'를 날렸던 게 기억난다.)

1학년 내내 열아홉 살 나는 스물두 살 순영을 쫓아다녔다. 남들 눈에는 순영과 내가 늘 붙어 다니는 단짝처럼 보였겠지만 사실 순영은 주위 사람 누구에게나 친절하고 다정했다. 집요한 내 관찰에 의하면 순영은 언뜻 사람들에게 둘러싸인 것처럼 보여도 진짜 친구는 단 한 명도 없는 아이러니의 주인공이었다. 순영은 누구의 부탁도 거절하지 않고 대화와 만남에 응했지만 정작 자신의 이야기는 꺼내지 않았다. 그러고 보면 천사라는 순영의 별명은 참으로 적절했다. 천사는 누구에게나 은총을 내리지만 그런 천사의 복잡한 속내를 엿본 인간은 없을 것이다. 어쩌면 천사는 인간의 온갖 소망에 귀를 기울이느라 자신의 마음은 돌볼 틈이 없는 존재일지도 모른다. 동기들보다 나이가 두 살 많다는 점도 순영을 천사로 만드는 큰 요인이었다. 동기들은 3학년과 나이가 같은 순영을 실제 3학년에게 보여야 하는 존경과 예의라는 의무 없이 그저 편하게 의지하고 이용했다. 순영은 도서관 자리를 맡아 달라거나 강의 필기를 보여 달라거나 속상하니 술을 사 달라거나 하는 동기들의 얄미운 부탁을 순순히 들어주었다. 술을 잘 마시지 못하면서도 뒤풀이 자리에 끝까지 남아 여자 동기들을 챙겼다. 나는 순영을 유난히 '착취'하는 몇몇 동기들의 블랙리스트를 작성하고 그들을 티 나지 않게 미워하고 저주

했다. 순영은 오직 나만 갖고 싶었다. 나만이 순영을 착취하지 않고 순수하게 사랑할 수 있다고 믿었다.

　마음만은 복잡하고 분주했던 대학 1학년 시절이 끝나고 겨울방학이 되면서 우리는 기숙사에서 나왔다. 나는 2학년 때도 기숙사에 들어가게 되어서 방학 동안만 머물 하숙집을 구했고, 기숙사에 떨어진 순영은 학교 앞에 원룸을 구했다. 1년 동안 무사히 마르크스와 엥겔스를 읽고 다행히 누구도 도청에 걸려 잡혀가지 않은 함읽세 회원들이 순영의 새 원룸에서 집들이 겸 크리스마스이브를 보내기로 했다. 순영의 원룸은 신축 건물에 있었고 말이 원룸이지 방과 부엌 딸린 거실이 분리된 집이었다. 이 정도면 보증금과 월세가 꽤 셀 텐데, 순영의 고향 집이 생각보다 여유가 있나 보다 싶었다. 1년이나 쫓아다녀 놓고 아직도 순영에 대해 아는 게 별로 없다는 사실이 신경질 나기도 했다. 순영이 함읽세 회원 모두에게 미리 준비한 과일이며 치킨이며 캔 맥주를 다정하게 건네는 모습도 거슬렸다. 당장 천사 노릇 그만두고 인간 세계로 내려와 내 곁에만 머물러 달라고 조르고 싶었다. 12시가 넘고 창밖으로 성가대의 크리스마스송이 들릴 무렵 순영이 준비한 술이 다 떨어졌다. 순영이 편의점에 다녀오겠다고 지갑을 챙겨 일어나자 함읽세의 회장인 철기 선배가 벌떡 일어났다.

맥주가 무거울 테니 남자인 자기가 함께 가는 게 좋겠다는 속 보이는 변명까지 중얼거렸다. 철기 선배는 평소 순영을 마음에 두고 있는 게 분명해 내 블랙리스트에 오른 인물이기도 했다. 나는 속이 안 좋아 바람을 좀 쐬어야겠다며 두 사람을 따라갔다. 실제로 와인과 맥주를 섞어 마셔 속이 부글거리기도 했다. 철기 선배가 나를 흘낏 보며 얼굴을 살짝 찡그렸다.

돌아오는 길은 철기 선배가 무거운 맥주 봉지를 들고 앞장섰고 그 뒤를 순영과 내가 따라갔다. 순영이 나에게 속이 괜찮으냐고 몇 번이나 물었다. 원룸 건물 앞에 도착하자 철기 선배가 잠시 쭈뼛거리더니 순영에게 할 말이 있으니 나 먼저 들어가라고 했다. 기어들어 가는 목소리였지만 말투는 흡사 명령 같아서 나는 비위가 확 상했다. 나야말로 순영에게 할 말이 있으니 철기 선배 먼저 들어가라고 했다. 철기 선배가 당혹스러운 얼굴로 나와 순영을 번갈아 보더니, 취해도 단단히 취했는지 갑자기 가위바위보를 하자고 했다. 진 사람이 먼저 순영에게 말하기로. 나는 어이가 없었지만, 가위바위보를 했고, 이겼다. 철기 선배가 덥수룩한 제 곱슬머리를 마구 흩트리더니 순영 쪽으로 몸을 돌렸다. 그리고 눈을 질끈 감고 말했다.

은수야, 나 너 좋아해. 나 곧 군대 가는데 기다려 줄 수 있냐?

이토록 자기중심적인 고백이라니! 철기 선배를 블랙리스트 상단에 올린 나 자신이 기특할 정도였다. 순영이 울 것 같은 얼굴로 나와 철기 선배를 번갈아 보더니 작은 소리로 대답했다.

선배, 미안해요. 저 사귀는 사람 있어요.

그 말에는 내가 더 놀랐다. 거짓말! 1년 내내 내가 얼마나 집요하게 순영을 쫓아다녔는데! 철기 선배의 자존심을 건드리지 않으려는 순영의 배려가 틀림없었다. 철기 선배는 세상이 무너진 표정을 짓고 먼저 들어가 버렸다. 눈은 오지 않고 춥기만 한 크리스마스이브의 골목길에 나와 순영만 남았다. 너는 할 말이 뭐야? 순영이 귀여운 막냇동생 보듯 한없이 너그러운 얼굴로 내게 물었다. 할 말? 할 말이야 늘 차고 넘쳤다. 그런데 늘 마음으로 되뇌었던 고백의 말들은 어디론가 사라지고 내 입에서 엉뚱한 소리가 나왔다.

언니라고 불러도 돼요?

순영이 눈을 휘둥그레 뜨고 나를 빤히 보았다. 그러곤 한참 후에 풍선 바람 빠지는 소리를 내며 웃었다.

싫어.

왜?

우린 친구잖아.

그리고 순영은 내 팔짱을 끼고 건물 안으로 들어갔다. 그날 순영에게 1분 간격으로 거절당한 철기 선배와 나는 밤새도록 새로 사 온 술을 다 마셨고 정오가 지나서 눈을 떴을 때 아담한 부엌에는 순영의 콩나물국이 끓고 있었다.

*

사귀는 사람이 있다는 순영의 말은 사실이었다. 대구에서 재수할 때 만났다는 남자는 순영보다 1년 먼저 국립대에 들어갔고, 순영이 서울에서 삼수할 때는 주말마다 순영을 만나 과외를 해 주었다고 했다. 기숙사에 살 때 순영은 주말마다 잠실 이모 집에서 사촌 동생 과외를 해 주고 그 집에서 자고 온다고 했는데, 그때 남자도 만났던 것 같다. 크리스마스이브에 철기 선배와 나에게 동시 고백을 받은 후(나의 고백을 진짜 고백으로 알아들었는지는 모르지만) 순영은 스스럼없이 남자친구 이야기를 했다. 아마 순영 나름대로 철벽을 치는 방식이었을 것이다. 철기 선배를 비롯한 남학생들은 순영을 향한 관심을 뚝 끊어 버렸다. 그와 함께 내 블랙리스트 명단도 확 줄었다. 나는 그 밤 이후로 언니가 되어 달라는 내 부탁을 거절한 순영의 속내가 무엇이었을까, 자꾸 복기하는 버릇이 생겼다. 우린 친구잖아. 순영은 이렇게 말했다. 나보다 세 살이나 많은 자신이 언니가 되면 위계가 생긴다는 말이었을까? 순영은 정말로 언니를 책무보다 권력이 더 많은 자리라고 생각했을까? 아니면 의무가 더 많이 요구되는 언니 노릇을 사양하고 싶었던 걸까? 그것도 아니면 순영은 생각보다 눈치가 빨라서 철기 선배처럼 나 역시 자신을 독점하고 싶어 한다는 것을 알아챘던 걸까? 천사는 인간 보편을 향한 사랑은 가득하지만, 배타적이고 독점적인 사랑에는 마음을 줄 수 없는 존재니까? 아니, 그렇지 않다. 순영은 이미 배타적이고 독점적으로 사랑하는 남자가 있었다. 생각이 여기까지 흘러가면 나는 참을 수 없이 화가 나면서 한 번도 본 적 없는 순영의 남자가 미웠고, 남자를 좋아하는 순영도 미워졌다. 그 무렵 내 마음은 늘 연옥처럼 들끓었다.

2학년이 되면서 순영과 나는 함읽세의 운영진이 되었다. 철기 선배는 군대에 갔고 동기 중 누구도 인기 없는 그 학회를 맡으려 들지 않았다. 마르크스와 엥겔스를 읽었던 동기들은 벌써 임용고시나 공무원 시험 준비를 시작했다. 나와 순영은 함읽세의 커리큘럼을 바꾸었다. '함께 읽는 세계'라는 이름답게 지금 세계에서 우리에게 가장 중요해 보이는 것들을 함께 읽기로 했다. 우리는 시몬 드 보부아르의 『제2의 성』을 읽었다. 피임법을 가르쳤다는 이유로 감옥에 갇혀야 했던 영국의 여성 운동가 마거릿 생어의 전기를 읽었다. 식민지 조선의 신여성 나혜석과 김명순, 윤심덕에 관한 자료를 찾아 도서관을 뒤졌다. 가까운 여자대학에 찾아가 페미니즘 자료를 빌려 왔고 번역되지 않은 영미권의 문서는 원서를 구해 함께 번역했다. 함읽세는 여학생 후배들이 대거 들어오면서 과에서 가장 인기 있는 학회가 되었다. 원래 여학생 수가 정원의 3분의 2를 넘는 과였다. 그런데도 과 회장이나 학회장은 늘 남학생이었는데, 이제 판도가 바뀌었다. 우리는 여성 작가와 여성 운동가의 삶을 발굴하면서 동시에 우리의 이야기를 글로 썼다. 학회의 공동 일기 인터넷 게시판은 자의든 타의든 무수한 대학 중에서 굳이 사범대에, 그것도 국어 선생님이 되는 과에 온 여자애들의 고백과 탄원과 호소와 다짐으로 터져 나갈 것 같았다. 나는 한때 초등학교 교사였지만 첫 번째 결혼에 실패하고 교사직에서 물러나 아들만 둘 있는 남자와 재혼해 딸 하나를 낳고 가정주부로 숨죽여 살았던 내 어머니 이야기를 썼다. 어린 내가 듣고 있는 것도 모르고 부주의하게 어머니의 과거에 대해 수군거리는 친가 쪽 어른들에 관해 썼다. 늦둥이로 얻은 막내딸을 어떻게 예뻐해야 할지 몰라 늘 쩔쩔맸던 늙은 아버지에 관해 썼다. 피가 반만 섞인 막냇동생을 예뻐한다고 주장하면서 정작 자신들에게만 허락되는 수많은 권리에 대해서는 모른 척했던 두 오빠에 관해 썼다. 내 글은 에세이와 소설의 중간 형태를 띠었는데, 학회 공동 일기 게시판의 인기 코너가 되었다. 후배들은 연재소설을 읽는 것 같다고 나를 추켜세웠다. 나는 원고를 한 편 완성할 때마다 가장 먼저 순영에게 보여 주었다. 순영은 언제나 나의 첫 번째 독자였다. 순영은 내 글을 읽다가 눈물을 흘리기도 했고 가끔 공들여 쓴 감상을 보내 주기도 했다.

어느 메일 끝에 순영이 덧붙인 한 문장이 지금의 나를 만들었다. 수은, 넌 꼭 작가가 되어야 해.

*

수상한 편지가 도착한 건 석 달 전부터다. 낯선 이름으로 온 메일을 열었을 때 다른 텍스트는 없고 오직 스캔 파일 하나만 첨부되어 있었다. 손 글씨로 쓴 편지를 스캔한 것이었다. 아날로그도 디지털도 아닌 이상한 방식이었다. 편지는 '나의 수은에게'로 시작해 '너의 순영'으로 끝났다. 순영을 마지막으로 본 게 20년 전이었다. 가슴이 무섭게 뛰었다. 설렘은 아니었고, 공포도 아니었다. 그저 걷잡을 수 없이 심장이 박동했다. 대체 누가 이런 고약한 장난을 치는가. 내 이메일 주소는 간간이 단편소설을 발표하는 계간지에 명시되어 있으니 누구나 쉽게 내게 메일을 보낼 수 있었다. 지금도 간혹 내 소설에 관한 평을 보내는 독자들이 있다. 언젠가는 어느 도시의 사립 고등학교 학생들이 내 소설을 읽고 비평문 쓰기가 수행평가 과제라면서 이런저런 것들을 묻는 메일을 떼로 보내기도 했다. 순영의 편지 내용은 평범했다. 은은하고 잔잔했다. 편지 속의 순영은 20여 년 전 미국에 살고 있었다. 편지는 일주일에 한두 차례 도착했다. 늘 똑같이 손 글씨로 쓴 편지를 스캔한 파일이었다. 순영은 미국에서 어린 아기를 키웠다. 아이는 어느새 어린이집에 들어갔고, 영어와 한국어를 섞어 말하는 사람이 되었다. 캘리포니아의 뜨거운 바람에 순영의 가느다란 머리카락은 연갈색으로 바랬다. 한국어 텍스트를 구하기가 어려운 동네라 어쩌다 도심에 나가면 한인타운에 가서 책을 한 보따리 사 왔다. 메일함에 순영의 편지가 쌓이는 동안 편지 속 순영은 점점 나이가 들었고 순영의 아이도 자랐다. 순영은 어느새 한국으로 돌아왔다. 10년 전이었다. 순영의 가족은 천문대가 있는 남쪽의 도시에 자리를 잡았다. 순영의 남편은 천문대에서 밤하늘을 관측하는 천문연구원이 되었고 순영의 아이는 서툰 한국어 때문에 수줍음이 많은 성격으로 오해받는 속상한 아이가 되었다. 순영은 나의 뒤늦은 등단 소식을 들었다. 순영은 기뻤다. 순영은 내가 발표하는 모든 소설을 찾아 읽었다. 인터넷 서점 덕분에 내 소설을 바로바로 받아볼 수 있는 세상이 반가웠다. 순영의 아이는 사춘기를 혹독하게 지나갔다. 순영의 남편은 오로지 밤하늘과 논문밖에 몰랐다. 순영은 홀로 앉은 시간이 늘어났고 덕분에 책을 많이 읽었다. 가끔은 쓰기도 했다. 오래전 함읽세 공동 일기 게시판에 써 내려간 이야기들을 이어서 써야겠다고 생각했다. 글이 막히면 내게 편지를 썼다. 순영에겐 아직 자기만의 책상이 없었다. 순영은 식탁 위에 남편이 물려준 구형 노트북을 펴 놓고 버지니아 울프의 『자기만의 방』을 필사했다. 순영은 내가 보고 싶었다. 순영은 소설이 쓰고 싶었다. 순영은 소설을 쓰다가 편지를 썼다. 완성하지 못한 소설 파일이 늘어났다. 부치지 못한 편지가 쌓여갔다. 부치지 못할 편지이기도 했다.

  순영의 편지를 읽는 내내 가슴 한쪽이 뻐근하게 아팠다. 그건 분명 물리적인 통증이었다. 편지는 순영이 쓴 게 맞았다. 순영이 아니고선 쓸 수 없는 글이었다. 그런데 편지는 순영이 쓴 게 아니었다. 나는 순영의 글씨를 알았다. 내가 순영의 글씨를 흉내 내려고 얼마나 애썼는데. 순영을 닮아 획이 둥글고 부드러운, 보고 있으면 어쩐지 나를 향해 웃고 있는 것 같은 그 필체를 내가 모를 수가 없었다. 스캔 파일 속의 글씨는 획도 삐침도 모두 날카로웠다. 이건 순영의 글씨가 아니었다. 도대체 누가 무슨 저의로 이런 장난을 치는가. 두렵고 불쾌했다. 불길하고 무서웠다.

4학년, 교생 실습을 다녀온 후 순영은 본격적으로 임용고시를 준비했고 나는 역시 교직은 나와 맞지 않는다는 것을 확인하고 문예창작과 대학원 입시를 준비했다. 4학년 2학기에 순영과 나는 처음으로 동선이 크게 달라졌다. 그 몇 달 사이에 우리는 한 달에 한 번도 만나지 못했다. 대학원 합격 통보를 받았을 때 나는 가장 먼저 순영에게 전화를 걸었다. 전화기는 꺼져 있었다. 학생회관 카페에서 1학년 때 기숙사 룸메이트를 우연히 만났다. 대기업 어느 물산에 입사하기로 했다는 그 애는 이런저런 근황을 들려주다가 뜻밖에 순영의 결혼 소식을 전했다. 몰랐어? 내가 모르고 있다는 사실이 오히려 놀랍다면서. 그 애의 말에 따르면 순영은 나와 연락이 뜸했던 고작 몇 개월 사이에 임신했고 미국 대학원에 진학하기로 한 남자친구와 결혼식을 올리고 함께 유학을 떠나기로 했다. 당연히 임용고시 준비는 그만두었다. 순영의 친가는 대구에서 탄탄한 사업체를 운영하는 부자이고 남자는 작은 아파트 한 채 말고 딱히 재산이랄 게 없는 말단 공무원 집안인데, 순영의 아버지가 재수 시절부터 그 남자를 사윗감으로 점찍고 두 사람의 교제를 '관리'했다고 했다. 미국 유학과 신혼 생활에 드는 비용도 전부 순영의 집에서 대주기로 했다. 아마 순영의 아버지는 서울대에 다니는 사위가 미국에서 석박사 학위를 따고 한국에서 교수가 되어 자신을 교수 장인으로 만들어 주길 바라는 것 같다고, 순영과 별로 친한 것 같지 않았던 그 애는 말했다. 그 언니, 그 남자를 사랑하기야 하겠지만, 솔직히 교수 부인 욕심이 있으니 임용고시까지 포기하고 미국에 따라가는 게 아니겠어? 그렇게 말하는 여자애는 어쩐지 신이 나 보였다. 나는 그 애가 전하는 소식도, 순영을 둘러싼 사연도 다 싫었다. 무엇보다 그런 소식을 순영이 아닌 다른 사람에게 전해 듣는 게 화가 났다. 내 전화는 받지 않았던 순영이 이 따위 여자애에게 자신의 연애사를 시시콜콜 들려줬다고? 도대체 무슨 말을 어떻게 했기에 교수 부인 자리를 욕심낸다는 소리나 듣고 있는가 말이다. 우리 과 최초로 함읽세를 탄탄한 페미니즘 학회로 키워 낸 순영이. 국어 교사가 되어 여학생들에게 묻혀 있던 여성 작가들의 글을 읽게 하겠다고 다짐했던 순영이. 내 글을 읽고 여성 서사의 가능성을 보았다고 눈을 빛내던 순영이. 순영에게 전화를 걸었다. 순영의 전화기는 며칠 만에 연결되었다. 순영은 아무렇지 않은 목소리로 결혼식 준비 차 고향에 내려와 있다고 했다. 졸업식 때도 못 볼 것 같으니 자기 결혼식 날 보자고 했다. 먼 길이지만, 와서 밥 한 끼 먹고 가라고. 부모님이 서울에서 출발하는 버스를 빌려 놨으니 그걸 타고 오라고. 어느 순간 나는 순영의 말을 끊고 전화기에 대고 마구 화를 내고 있었다. 진짜 교수 부인 자리가 욕심나냐고. 아니면 임신 때문에 발목이 잡힌 거냐고. 우리가 함께 토론한 피임할 권리와 임신 중단권은 다 어디로 내팽개쳤냐고. 원래 남자 없으면 못 사는 사람이었냐고. 순영은 잠시 아무 말도 하지 않았다. 네가 다 망쳤어! 나는 무엇이 망가졌는지도 모르면서 이렇게 말해 버렸다. 미안해. 순영이 말했다. 정말 미안해, 수은아. 그리고 순영은 전화를 끊었다. 얼마 후 순영의 청첩장이 도착했고 나는 대구에 내려가지 않았다. 순영의 결혼식 날 혼자 학교 뒷산에 있는 작은 암자에 올랐고 차가운 법당 바닥에서 백팔배를 했다. 오직 절하는 동작에만 집중했을 뿐 아무것도 빌지 않았다.

순영의 편지 내용이 '최근'에 가까워지자 더는 가만히 있을 수가 없었다. 당장 순영을 만나야 했다. 어쩐지 불길한 마음을 누르고 또 누르며 순영의 연락처를 수소문했다. 편지를 보내오는 그 계정은 신뢰할 수 없었다. 나도 과 동기들과 연락을 끊은 지 오래됐지만, 순영도 마찬가지였는지 순영의 연락처를 아는 사람이 없었다. 심지어 순영이 미국에서 한국으로 돌아온 것도 대부분 몰랐다. 나는 어쩔 수 없이 순영의 결혼 소식을 알려주었던 1학년 때 룸메이트를 수소문했다. 기분은 나빴지만 어쩐지 그 여자애는 순영의 소식을 알고 있을 것 같았다. 내가 아는 한 순영을 스스럼없이 '언니'라고 부르는 유일한 여자애였으니까. 여자애는 어느새 중년의 애 엄마가 되어 있었다. 대기업 무역회사는 얼마 전 그만두었다. 누구보다 워킹맘 생활에 자신이 있었는데, 둘째가 초등학교에 입학한 직후 틱 증상을 보이기 시작하면서 항복했다고 했다. 궁금하지도 않은 그 애의 근황을 참고 듣다가 어느 순간 말을 자르고 순영의 연락처를 아냐고 물었다. 수화기 너머로 정적이 흘렀다.

몰랐어? 그 언니, 1년 전에 돌아갔어.

미국으로?

얼간이 같았을 내 물음에 그 애가 한숨을 쉬었다.

췌장암이었대. 진단받고 얼마 안 돼 서둘러 떠났다나 봐.

내가 한동안 말이 없자 그 애가 또 한 번 한숨을 푹 쉬고 말했다.

딸애가 벌써 어른이 되었던데, 아주 섧게 울더라. 장례식장이 울음바다였어.

*

막내 편집자가 보낸 장문의 사과 메시지에 답장을 보냈다. 나 역시 술이 과해서 실수한 것 같다고, 언니라고 부르고 싶으면 얼마든지 불러도 좋다고, 조금도 불쾌하지 않다고, 다만 나이 차가 이렇게 나는데 언니 소리를 듣는 게 미안할 뿐이라고, 우리는 자매 사이보다는 이모와 조카 사이에 더 가깝지 않겠냐고 솔직하지 않은 변명을 늘어놓았다. 내가 봐도 구차했다. 막내 편집자가 며칠 후 메일을 보내왔다. 특별 북토크 일정이 잡혔다는 내용이었다. 직장인답게 공사를 구분할 줄 알아서 그 밤 술자리 이야기는 단어 하나도 꺼내지 않았다. 나는 북토크 일정을 숙지했으며 행사 당일 편집자의 원활한 진행을 기대한다고 답장을 보냈다. 메일 페이지를 나가려는데 받은 메일함에 쌓인 순영의 편지가 눈에 들어왔다.

순간 불현듯이 뭔가가 깨달아졌다. 순영이 노트북에 썼을 그 무수한 편지들을 일일이 종이에 옮겨 적고 스캔까지 해서 내게 보낸 사람이 누군지 알 것 같았다. 순영의 편지를 열고 답장하기를 누른 다음 단 한 문장을 썼다.

순영, 1월 6일 어때?

북토크가 예정된 날짜였다. 보내기를 누르고 컴퓨터를 껐다. 오후 5시. 발밑의 세계가 또 한 차례 무너지고 있었다.

1월 6일. 역시 발파음과 함께 잠에서 깨어났다. 뜨거운 물로 오래 샤워를 하고 오랜만에 고데기를 꺼내 짧은 머리를 정성껏 매만졌다. 가장 아끼는 옷을 입고 검은색 코트를 걸치고 밖으로 나갔다. 가방에는 미리 사 둔 청록색 잉크를 가득 채운 만년필도 챙겨 넣었다. 순영의 편지는 청록색 잉크로 쓰여 있었다. 내가 가진 증정본 책 가운데 가장 깨끗한 것을 골라 종이봉투에 담고 가방에 넣었다. 아파트 정문을 통과해 큰길가로 나왔을 때 거짓말처럼 눈이 내리기 시작했다. 눈송이가 굵고 소담했다. 지나가던 사람들이 걸음을 멈추고 눈을 올려다보았다. 여기저기서 탄성이 들렸다. 삭막했던 풍경에 물기가 돌았다. 나도 걸음을 멈추고 하늘을 올려다보았다. 가없는 곳에서 눈이 떨어지고 있었다. 내 검은색 코트에 흰 눈이 차례차례 내려앉았다. 가슴 한쪽이 뻐근해졌다. 언제나 굳게 닫혀 있던 지하철 공사장 담장에서 작은 쪽문이 벌컥 열리더니 작업복 차림의 노동자 서너 명이 우르르 뛰어나왔다. 그들은 깡충깡충 뛰며 손바닥으로 눈을 받았다가 혀를 내밀어 눈을 맛보았다. 마스크를 벗은 얼굴이 환하게 웃고 있었다. 남쪽 나라에서 온 것 같은 청년들이 눈을 처음 본 사람들처럼 신나게 뛰다가 핸드폰을 꺼내 사진을 찍었다. 그중 한 사람과 눈이 마주쳤다. 그 사람이 나를 향해 고개를 까딱했다. 나도 반사적으로 고개를 끄덕였다. 안녕하신가요. 즐거우신가요. 안전하신가요. 이런 말들이 말없이 오갔을 것이다.

북토크 행사장에 도착해 막내 편집자에게 미리 준비해 간 꽃다발을 내밀었다. 편집자는 그저 미소를 지으며 꽃다발을 받았다. 어머, 저희가 드려야 하는데, 어쩌면 좋아요? 선생님은 정말 푸근한 언니 같아요! 이런 겉치레 말은 필요 없다는 걸 이제 나도 그도 알았다. 북토크는 정시에 시작되었고 막내 편집자의 매끄러운 진행으로 원활하게 끝났다. 편집자가 책에 사인을 받고 싶은 독자는 내가 앉은 테이블 앞으로 줄을 서서 기다려 달라고 했다. 이번 책의 서명 문구는 산문집

안에서 미리 골라 왔다. '눈물을 심어본 적 있는 당신에게.'

줄을 선 독자들이 한 명씩 내게 책을 내밀었다. 그러면 나는 독자의 이름을 묻고 책 면지에 만년필로 그 이름과 산문집의 문구와 오늘 날짜와 내 이름 '차수은'을 나란히 적었다. 서명은 거의 한 시간이나 이어졌다. 드디어 맨 마지막 사람이 내 앞에 섰다. 이쯤 되자 독자의 얼굴도 제대로 쳐다보지 않고 기계적으로 이름을 묻고 서명하고 있었다. 마지막 독자가 이름을 말했다.

순영이라고 합니다.

나는 고개를 들어 그 사람을 보았다. 낯선 얼굴이 어딘가 익숙한 미소를 짓고 나를 보고 있었다. 우리는 한동안 말없이 서로를 보았다. 시계가 5시를 가리켜도 발밑의 세계는 무너지지 않았다.

반가워요.

나는 인사하고 서명을 시작했다. 순영에게, 라고 적지 않았다. 어쩐지 그럴 수가 없었다. 대신 홍은수에게, 라고 썼다. 눈물을 심어본 적 있는 당신에게. 그리고 2024년 1월 6일, 까지 썼다. 한 박자 쉬었다가 내 이름을 썼다. 차영순이라고. 오늘 처음 만난 것처럼. 안녕, 나는 홍은수야. 안녕, 나는 차영순이야. 그래야 비로소 수정이 시작될 수 있을 것이다. 나의 순영이 되어 줄래? 너의 수은이 될게. 다짜고짜 언니가 되어달라는 부담스러운 말은 하지 않을게. 너를 함부로 판단하지 않을게. 네가 다 망쳤다고 어깃장 부리지 않을게. '눈물'이라고 쓴 내 글씨에 눈물이 뚝 떨어졌다. 순영이라는 사람이 손수건을 건넸다. 눈물에 번져 버린 서명 문구의 뒷부분이 떠올랐다. 눈물을 심어본 적 있는 당신에게, 깨진 거울을 겁내는 우리에게 나는 오늘 화환처럼 무지개를 걸어주고 싶다. 산다는 게 다 그렇다지만, 어쨌든 우리는 그렇고 그런 삶을 살아내느라 오늘도 모진 애를 쓰고 있으므로.*

---

* 『눈물을 심어본 적 있는 당신에게』 (이주혜, 에트르, 2022)

| **작가의 말** |

나를 '언니'라고 부른 최초의 인간은 남동생이었다. ○○이씨 △△공파 18대 종손으로 온 친척들의 환대를 받으며 태어난 녀석이 '모냥 빠지게' "언니! 언니!" 하며 나와 내 언니 뒤를 쫓아다녔다.

4학년, 4교시 끝 무렵. 점심시간을 코앞에 두고 아이들은 적당히 지친 상태로 담임선생님의 말을 흘려듣고 있었다. 그때 교실 문밖에서 웬 남자아이가 우렁찬 소리로 교실 안의 가라앉은 공기를 뒤흔들었다.

"언~니~."

반 아이들이 일제히 폭소를 터뜨렸다. 60명이 넘는 사람 중 웃지 않는(못하는) 사람은 나 하나였다. 교실 밖의 남자애가 또 외쳤다.

"주혜 언~니~."

아이들은 이제 나를 보며 웃기 시작했다. 담임선생님마저도 이 상황이 재미있고 문밖의 남자애가 영 귀엽다는 표정을 숨기지 않고 내게 어서 나가보라고 했다. 문밖에 자로 잰 듯한 바가지 머리의 귀여운 남자애가 숟가락을 내밀며 말했다.

"언니! 엄마가 도시락에 숟가락 빠뜨렸대! 언니 굶으면 안 된대!"

그날 이후 4학년이 끝날 때까지 내 별명은 '주혜 언니'였다. 그 전 별명이었던 '주전자'가 아름답게 느껴졌다.

'언니'라는 호칭은, 적어도 내게는, 늘 수발신에 오류가 생기는 기분이다. '언니'라는 말을 들을 때마다 이명과도 같은 배음이 깔리는데, 그 역시 나만 들을 수 있는 전기 신호. 그 낯선 음의 토막들을 주워 모아 소설을 써 보았다. 어지러운 오류들 사이로 누군가는 나와 같은 신호음을 들을 수 있지 않을까, 하는 이상한 믿음도 품었더랬다.

현주는 현서의 소설에 관심이 없었다. 엄마가 아니었다면 굳이 찾아 읽지 않았을 것이다. 하지만 엄마는 현서가 작가라는 것을 자랑스럽게 여겼고 현서의 소설을 궁금해했다. 그 소설들이 엄마와는 너무도 동떨어진 세계를 그리고 있는데도 그랬다.

"'초려하다'가 무슨 뜻이니?"

"'금란지교'가 뭐야?"

"'여귀'가 뭐 말하는 거니?"

 엄마가 현서의 소설책을 붙들고 떠듬떠듬 읽어 나가다 자꾸만 이렇게 묻는 데에 현주는 진력이 났다. 이건 애초에 엄마 읽으라고 쓴 소설이 아니라고 말하고 싶었다. 더 나아가 엄마가 못 읽게 하려고, 엄마를 밀어내려고 이런 소설들을 쓰는 게 아닌가 싶은 생각마저 들었다. 그러지 않고서야 구태여 이렇게 한자어가 많이 나오는 소설을 쓸 이유가 있을까. 현서는 지금까지 조선이나 고려를 배경으로, 설화나 고전소설이나 역사적 사실에 현대적 관점을 넣어 각색한 소설들을 발표해 왔다. 이 나라의 전통과 역사, 옛 언어까지 모두 섭렵했다는 듯이. 자기에게는 그럴 자격이 있다는 듯이. 자신은 자랑스러운 한국인이라고 말하듯이. 평론가들도, 독자들도 이렇게 말하는 모양이었다. 장현서는 오늘날 고전의 명맥을 잇는 작가라고. 여성이지만 '선이 굵은' 소설을 쓰는 작가라고. 한국 문학을 대표할 만한 작가 중 한 사람이라고.

현서가 자신의 엄마가 인도네시아 사람이라고, 자신이 혼혈인이라고 인터뷰에서 한 번이라도 밝혔다면 저 말들이 어떻게 바뀌었을까. 현주는 그런 상상을 종종 했다.

현서는 어렸을 때부터 늘 그런 식이었다. 현주와 엄마보다 피부색이 더 밝고 이목구비가 아빠를 닮아서 전형적인 한국인처럼 생긴 현서는 자신이 혼혈인이라는 걸 숨기고 싶어 했다. 엄마가 학교에 오는 걸 죽기보다 싫어했고, 언니에게 밖에서 자신을 알은체하지 말라고 신신당부하면서, 친구들에게 자신이 '다문화'라는 것을 감추려고 안간힘을 썼다. 엄마가 집에서 하루에 다섯 번 기도하며 코란을 암송하는 소리가 들릴 때마다 견디기 어려운 소음이라도 듣는 듯 질색했고, 엄마가 템페와 멸치와 땅콩을 볶아 만든 반찬은 절대로 먹지 않았다. 크면 작가가 될 거라며 책을 읽어 대고 온갖 어려운 한국어를 배워 와서는, 엄마의 어눌한 한국어를 비웃고 엄마는 이런 말도 모르냐며 짜증을 부렸다. 현주는 그런 현서에게 무슨 말버릇이냐고 화를 냈지만 엄마는 늘 현서에게 약했다.

"너무 그러지 마. 현서 작가 되려 하잖아. 그럼 작가 예민하겠지. 네가 이해해."

엄마의 그런 반응 때문에 현주는 더 속이 터졌다. 엄마가 공부 잘하고 예쁘고 야무진 현서를 애지중지하는 것을 현주는 모르지 않았다. 부모는 누구나 자식을 편애한다. 아무리 아니라고 말해도 사랑이 언제나 균등할 수는 없다. 현주는 그 사실을 잘 알았다. 하지만 만약 엄마가 현서를 사랑하는 만큼 현서도 엄마를 사랑했다면, 엄마가 현서를 어려워하는 만큼 현서도 엄마를 존경했다면 현주가 이렇게까지 현서를 미워하지는 않았을 것이다. 현주는 고등학생이던 현서에게 네가 뭔데 감히 우리 엄마를 경멸하느냐고, 그렇게 이 집이 부끄러우면 나가라고 윽박지른 적이 있었다. 그러자 현서는 도끼눈으로 현주를 노려보며 "나갈 거야, 나갈 테니까 걱정 마."라고 씹어뱉듯 말하더니 전액 장학금을 받아서 서울에 있는 대학교의 기숙사로 떠났고 그 이후로 서울에 아주 정착했다. 엄마가 아빠와 이혼하고, 취직한 현주가 엄마를 모시고 셋집을 얻어 따로 사는 동안, 현서는 명절과 생일 같은 불가피한 날이 아니면 좀처럼 제 엄마와 언니를 보러 오지 않으려 했다. 엄마는 현서가 글 쓰느라 바빠서 올 수 없을 거라 했지만, 현주는 현서가 엄마와 언니에게 오기 싫어서 글을 쓰는 삶을 선택한 것이라고 생각했다. 글을 쓰고 읽는 동안에는, 옛 한국을 배경으로 한 거짓말들에 파묻혀 있는 동안에는 자신이 혼혈인이라는 사실을 잊을 수 있으니까.

그래서 현주는 현서의 신작 소설도 당연히 옛 한국 이야기일 줄 알았다.

"현주야, 이번 현서 소설, 좀 달라."

어느 날 저녁 식사 자리에서 엄마가 그렇게 말하기에 현주는 또 무슨 색다른 한자어가 나왔나 싶어서 짜증스럽게 물었다.

"왜, 또 어떤데. 뭘 모르겠는데 또."

엄마가 조심스러운 표정으로 입을 오므리더니 말했다.

"어려운 옛날이야기 아니야."

"그러면?"

"우리 이야기."

"우리 이야기?"

"응, 우리 이야기. 현서 학교 다닐 때 이야기."

현주는 엄마를 빤히 쳐다보았다. 엄마는 그늘진 얼굴로 푸슬푸슬한 밥알을 입에 넣고 있었다. 한국 시집살이를 하는 동안 먹기 힘들었던 고국의 쌀밥을 그리워한 엄마는 현주와 둘이 살면서부터는 안남미를 사다 지어 먹었다.

"의외네."

"너도 읽어 봐."

"싫어, 엄마가 내용 이해했으면 나까지 굳이 읽을 필요 없잖아."

"그러지 말고 좀 읽어 봐. 걱정돼서 그래."

엄마는 자신이 현서에 대해 너무 몰랐던 것 같다고, 현서의 어릴 적 일들이 그 소설에 적혀 있는 것 같다고, 그걸 읽으니 너무 안쓰러운데 어떻게 해야 할지 모르겠다고 토로했다. 현주는 걔야 제 잘난 맛에 사는 애인데 도대체 뭐가 안쓰럽다고 저러나 코웃음만 나왔다.

그럼에도 책을 읽은 것은 엄마처럼 현서가 걱정되어서가 아니었다. 그 소설에는 다문화 가정 청소년 이야기가 나온다고 했다. 인도네시아가 아니라 베트남 혼혈인 걸로 되어 있다지만 어쨌든 분명히 현서 자신의 배경과 겹치는 내용이었다. 자신의 배경하고는 최대한 먼 이야기만 하던 현서가 웬일로 그런 소설을 썼을까, 무슨 심경의 변화일까 궁금하지 않을 수 없었다. 그 잘난 콧대가 꺾이기라도 한 걸까, 그래서 자신의 뿌리에 대해 사색이라도 하겠다고 나선 걸까. 호기심을 못 이기고 현주는 엄마가 사 놓은 책을 가져다 읽어 보았다.

그리고 이전에 느낀 적 없는 분노에 사로잡혔다.

*

인터뷰어	작가님의 이번 소설에는 학교 폭력이 생생하게 그려집니다. 피해자인 '나'는 베트남계 혼혈 청소년인데요. 오늘날 다문화 가정 아동들이 처한 취약한 실태를 고발하는 의미에서 많은 주목을 받고 있습니다. 이런 문제가 왜 생긴다고 생각하시나요?
장현서 작가	한국은 심각한 인종주의 사회예요. 더욱 큰 문제는 사람들이 그 사실을 인지하지 못한다는 거예요. 동

남아시아 이주민들을 제도적으로, 문화적으로 촘촘히 차별하면서 그게 차별이라고 인정조차 하지 않죠. 그러다 보니 아이들이 그 차별을 당연한 것으로 배워요. 교실에서 아이들이 혼혈인 아이들을 놀리고 따돌리고 괴롭히는 것은 다 어른들에게 배운 거예요. 어른들이 바뀌어야 합니다.

인터뷰어   작가님은 이번 소설을 발표하면서 스스로 인도네시아계 혼혈인임을 밝히기도 하셨죠. 조심스러운 질문이지만, 소설에 작가님 자신의 경험이 녹아 있다고 볼 수 있을까요?

장현서 작가   물론 제가 혼혈 청소년으로 자라면서 보고 듣고 느끼고 생각한 것들이 반영되어 있지요. 하지만 어디부터 어디까지가 제 경험인지 직접적으로 말씀드리기는 어려울 것 같습니다. 이건 어디까지나 소설이지 회고록이 아니고, 결국 가상의 이야기라고 생각해 주시기를 바라요.

인터뷰어   일각에서는 요즘 한국 소설이 '정치적 올바름'에 너무 집착한다는 이야기가 있습니다. 누구도 불편하게 하지 않는 도덕적인 소설만이 팔리기 때문에 위험한 시도는 아무도 하지 않으려고 한다고요. 이런 주장에 대해 어떻게 생각하시나요?

장현서 작가   저는 그런 주장이 반동적이라고 생각해요. 그동안 억눌려 왔던 여성, 성소수자, 장애인, 혼혈인 같은 사회적 약자들이 겨우 자기만의 언어로 이야기를 하기 시작했고, 이제야 사회가 그걸 듣기 시작했어요. 그런데 그게 너무 '도덕적'이라는 이유로 비웃는 것은…….

현주는 화면을 한참 뚫어져라 쳐다보다가 핸드폰을 던져 버렸다. 핸드폰이 구겨진 이불 위에 떨어졌다. 마음 같아서는 벽에 집어 던지고 싶었지만 정말로 부수고 싶은 것이 핸드폰은 아니라는 것쯤은 알고 있었다.

현주는 문학에 대해 잘은 몰랐다. 정치적 올바름이라는 게 무엇인지, 반동적이라는 게 무엇인지 몰랐고 회고록 같은 건 읽어 본 적도 없었다. 소설책도 1년에 두어 권 읽을까 말까였고 웹소설도 좀 읽어 보다가 전개를 쫓아가기 피곤해서 그만두었다. 그래서 현서의 소설이 얼마나 훌륭한지는 판단

할 수 없었다.

하지만 자신의 경험을 도둑맞았다는 것은 분명히 알았다.

현서는 따돌림당한 적 없었다. 현서는 언제나 친구가 많고 자신만만했다. 따돌림당했던 건 현주였다. 피부가 가무잡잡하고 눈이 움푹 꺼지고 콧방울이 넓은, 누가 봐도 다문화라는 게 티가 나는 현주. 농촌도, 산업단지도 아닌, 이주민이 거의 없는 B시의 아파트촌에 사는 선주민先住民 아이들 사이에서 현주 같은 외모는 대번에 눈에 띄었고 쉽게 표적이 되었다. 초등학교에서 중학교에 올라가도, 중학교에서 고등학교에 올라가도 다문화라는 꼬리표는 늘 따라붙었다. 튀기라고, 구린 냄새가 난다고, 쟤네 엄마 몸 팔러 왔다더라고, 성격이 이상하다고, 말하는 게 이상하다고……. 기억하고 싶지 않지만 차마 잊을 수 없는 말들이 방심할 때마다 떠올랐다.

현서는 그런 말들을 요령 좋게 피해 다녔다. 친구들을 집에 부르지 않고, 언니와 엄마를 꼭꼭 숨기고, 여자애들의 생태계에서 철두철미하게 처신하고, 우등생의 지위를 놓치지 않으면서. 언니가 왕따였는데도 '불구하고' 동생은 인기가 많았던 게 아니다. 오히려 언니가 왕따였기 '때문에' 그럴 수 있었던 것이다. 현서는 언니가 따돌림당하는 것을 지켜보았고 자신도 자칫 잘못하면 저런 꼴이 된다는 것을 배웠다. '언니처럼 살진 말아야지'라고 현서의 눈에 쓰여 있는 것을 현주는 늘 읽었다.

그랬던 주제에, 이제 와서 피해자였던 척하다니? 그게 팔린다는 이유로?

어쩌면 이렇게 뻔뻔스러울 수 있지?

현서는 소설에 자신의 경험이 녹아 있느냐는 질문을 회피했지만, 소설만 읽으면 현서가 소설 속 주인공처럼 왕따당한 적이 있었을 거라는 추측을 누구나 할 수 있게끔 쓰여 있었다. 사건들도, 주인공의 심리도 마치 누군가의 일기장을 옮겨 온 듯 생생했으니까. 더욱이 현서가 혼혈인이라는 정체성을 밝혔으니, 독자 입장에서는 작가 본인의 경험담이겠거니 생각하지 않을 수 없을 터였다.

현주는 이상한 기분에 사로잡혔다. 마치 자기 몸을 소설 속에 박제당한 다음 얼굴만 다른 사람의 것으로 바꿔치기 당한 기분. 소설의 구체적 에피소드들이 현주의 경험과 일치하는 것은 아니었지만, 주인공의 감정과 생각의 흐름은 현주 자신의 이야기인 것처럼 공감이 갔다. 어떻게 이런 글을 쓸 수 있었을까. 작가란 족속은 원래 다 이런 걸까. 현주는 자신의 왕따 경험은 물론이고 이런저런 힘든 일에 대해 현서에게 말한 적이 없었다. 가뜩이나 과묵한 성격일뿐더러, 툭하면 아빠에게 얻어맞는 조그마한 체구의 다섯 살 아래 동생에게 하소연할 성격은 더더욱 못 되었기 때문이다. 현서는 버릇없고 잘난 척한다고 아빠에게 혼나거나 맞을 때마다 현주에게 달려와 투정을 부렸고, 아예 혼나거나 맞을 빌미를 만들지 않기 위해—그리고 아빠가 엄마를 때리는 꼴을 보지 않기 위해—방에 틀어박혀 책에 파묻혀서는 화장실도 잘 안 가고 버티곤 했다. 현주는 거실에서 아빠의 말 상대가 되어 주며 아빠의 성질을 누그러뜨리거나 부엌에서 엄마의 일을 도움으로써 동생과 엄마를 보호하는 역할을 주로 맡았다. 그래서 현주와 현서가 같이 쓰는 방은 현서의 차지가 될 때가 더 많았다.

어린 시절 현주는 어디서건 편히 쉬지 못하는 피로감에 빠져 살았다. 학교도 전쟁터였고, 집도 전쟁터였고, 기댈 곳이라곤 없었다.

그런데 현서는 그 전쟁터에서 요리조리 숨어 지내다, 혼자서 안전한 세상으로 빠져나가더니, 이제는 현주의 경험을 자기 것으로 만들어 쓰고 있었다. 엄마의 걱정과 세간의 관심을 한 몸에 받으면서.

현주는 핸드폰을 던져둔 채 생각에 잠겼다. 현서를 둘러싼 찬사들이, 번지르르한 광고 문구들이, 독자들의 호들갑이 현주의 마음을 어지럽혔다.

한참 생각하던 현주는 벌떡 일어나서 핸드폰을 다시 집어 들었다. 그리고 자세를 바로 하고 앉아 SNS에 들어갔다. 글을 적기 시작했다.

장현서는 학교 폭력의 피해자가 아니라 가해자다. 오히려 장현서가 인기를 힘입어 나를 따돌리고 괴롭혔다.
가해자이면서 피해자인 척 소설을 쓰고 돈을 벌고 인기를 얻다니, 정말 가증스럽다.

*

현주의 거짓 폭로 글은 폭발적인 반응을 일으켰다. 반쯤 장난처럼, 충동적으로 적은 글이었다. 자세한 정황이 담겨 있지도 않은 두루뭉술한 글이었다. 현주는 그런 글을 진지하게 믿을 사람은 별로 없을 거라고, 그저 현서에 대한 구질구질한 뒷소문 정도로 떠돌아다닐 거라고 생각했다. 그런데 예상 외로 파장은 엄청났다. 글은 순식간에 수많은 계정으로 전파되었고, 현서를 향한 비난이 쏟아졌다. 어떻게 감히 학교 폭력 가해자가 파렴치하게 피해자의 언어를 빼앗을 수가 있느냐, 이런 작가의 소설은 소비하지 말아야 한다, 전량 폐기 처분해야 한다······. 비아냥거림과 조롱도 빗발쳤다. 피해자 코스프레의 진수라는 둥, 예전부터 '쎄'했다는 둥, 글 잘 쓰지도 못하더만 왜 인기가 많은지 모르겠다는 둥······. 폭력을 비판하고 약자를 보듬어야 할 문학이 제 기능을 잃었다거나, 정치적 올바름을 추구하는 문학 세태의 파행이라거나 하는 성급하고도 진지한 진단도 나왔다. 학교 폭력 피해 당사자들의 성토도 이어졌다. 1년에 책 한 권 펼쳐 볼까 말까 한 사람들도 무슨 구경거리 났나 싶어서 기웃거렸다.

 이 모든 일이 이틀 만에 일어났다. 논의의 속도가 경이로울 정도였다. 모두가 현주의 폭로 글을 믿는 것은 아니었다. 제대로 된 정보도, 구체적인 정황도, 신뢰할 만한 근거도 없는 글이라며 곧이곧대로 믿을 수 없다는 의견들도 있었다. 하지만 피해자가 신변의 안전을 위해 이렇게밖에 쓸 수 없었을 거라며, 섣불리 재단해서는 안 된다고 말하는 사람들도 있었다. 와중에 공론화를 할 거면 제대로 하라고 현주를 비난하는 사람들도 있었다.

 현주는 패닉에 빠졌다. 이 정도의 결과를 기대한 것이 아니었다. 그저 현서가 조금 곤란해지기를 바라고······ 정확히 무엇을 바라고 그랬던가, 잘 기억나지 않았다. 다만 이대로 넘어가기에는 너무 부당하고 억울하다고, 그런데 그걸 호소할 적당한 창구가 없다고 느꼈을 뿐이었다.

어떻게 해야 하나? 출판사에서는 사실 관계를 확인 중이라는 공지를 올렸고, 현서의 SNS에는 아무 업데이트도 없었다. 엄마는 SNS를 할 줄 모르기 때문에 이 모든 일에 대해 아무것도 몰랐고 다만 현서의 책이 잘 팔리는지, 독자들의 감상이 어떤지 현주에게 틈틈이 묻기만 했다. "응, 반응 나쁘지 않던데."라든지 "그럭저럭 잘 나가는 것 같아." 정도의 말로 얼버무리면서 현주는 죄책감을 느꼈다. 그래도 설마, 짧은 거짓말 몇 줄 인터넷에 올라온 걸로 한 작가의 커리어가 결딴나지는 않겠지. 출판사에서 사실 관계를 확인한다고 했으니 사실무근인 것으로 밝혀지겠지. 조금 기다리면 아무 일도 없었던 듯이 조용해지겠지……. 그렇게 믿으며 기다릴 따름이었다.

글을 올린 지 사흘째 되는 날, 현서에게서 전화가 왔다.

그럴 리 없다는 걸 알면서도, 현서가 혹시 이 모든 게 언니의 소행임을 알아낸 것이 아닐까 하는 생각에 조마조마해하며 전화를 받았다. 하지만 물론 그런 것은 아니었다. 현서는 어린 시절 아빠에게 혼났을 때처럼 언니에게 하소연하려고 전화한 것이었다. 그런데 그 하소연의 내용이 뜻밖이었다.

"고등학교 때 내가 괴롭혔던 애가 있는데 걔가 인터넷에 폭로 글을 올렸어. 어쩌지?"

현서가 울먹이면서 풀어놓은 설명은 이랬다.

현서가 고등학교 2학년이던 때였다. 1학년부터 사소한 일로 다투다 사이가 틀어진 수영이라는 친구가 있었다. 어느 날 현서와 현주가 좋아하던 가수 공연을 같이 보고 집에 돌아오던 길에 ―현서는 언니의 음악 취향에서 은근히 영향을 받았고, 밖에서는 언니랑 절대 같이 다니지 않으려 했지만, 그날은 예외였다― 수영이 자매를 우연히 목격했다. 그 다음 날부터 수영은 현서의 언니가 '개 못생긴 다문화'더라며, 현서가 여태까지 자기 엄마는 대기업 임원이고 언니는 명문대생이라고 말했던 건 다 거짓말이었더라는 소문을 퍼뜨리며 현서의 친구들을 빼앗으려 했다.

위기에 빠진 현서는 친구들을 잃지 않기 위해서는 자신에게 쏠린 화살촉을 수영에게로 돌려야겠다는 생각을 하게 되었다. 그래서 수영이랑 친하게 지내던 시절에 수영이 어떤 인기 많던 M이라는 애에 대해 험담을 늘어놓았던 메시지 내용을 캡처해서 그 애에게 보여 줬다. 알고 보니 M은 수영이 사귀기 시작한 남자 친구를 남몰래 좋아하고 있었으므로 가뜩이나 곱지 않게 보고 있었다. 현서는 M과 연합 전선을 맺고 수영을 따돌리기 시작했다. 반 아이들 모두에게 수영이는 남의 뒷담화를 하고 다니고 남자를 빼앗는 못된 년이라고, 앞으로 수영이랑 놀지 말라고 못 박았다. 이후로 두 학기 동안 수영은 혼자 등하교하고 혼자 체육복을 갈아입고 혼자 점심을 먹었다. 모두의 표적이 수영으로 고정되자 현서에 대한 나쁜 소문은 금세 사그라들었다.

"문수영 걔가 이제 와서 나한테 복수하는 거야. 10년도 지난 일을 가지고. 독한 년."

현서의 이야기를 쭉 들으면서 현주는 복잡한 심경에 사로잡혔다.

'10년도 지난 일을 가지고? 피해자한테는 평생 잊히지 않는 일이야. 네가 그걸 알기나 해? 정말 너다운 수법으로 다른 애를 괴롭혔구나. 자기가 처한 곤경에서는 얄밉게 쏙 빠져나가고, 더 강한 사람을 알아보고 득달같이 편먹고. 그런 처세술로 인맥 쌓으면서 그동안 작가 활동도 하고 있었겠지. 진짜 얄밉다, 얄미워.'

하지만 한편으로는 이런 생각도 들었다.

'나더러 개 못생긴 다문화라 했다고? 그걸 확 밟아 줬어야지 그 정도로 내버려뒀어? 그런 인종주의자 년들은 싹 혼이 나 봐야 돼.'

현주는 자신을 튀기라고 놀리고 괴롭혔던 애들의 얼굴 하나하나를 떠올리며 얼굴이 화끈 달아올랐다.

"언니? 듣고 있어?"

"어, 응."

"어떻게 생각해? 이 상황에서 내가 어떻게 해야 할 것 같아?"

"음, 글쎄……."

"공개적으로 사과를 해야 할까?"

"미쳤어? 너 그러면 밥줄 끊겨."

"그러면?"

현주는 생각에 잠겼다.

정작 문수영은 이 사태를 모르고 있을 가능성이 높았다. 현서는 연예인이 아니라 작가일 뿐이고, 문학계에서 벌어지는 스캔들을 대중은 모를 수 있으니까. 하지만 어쩌면 알고 있을 수도 있었다. 현서에 대한 앙심을 품고 작가로 활동하는 과정을 쭉 지켜보다가 이번 일을 접하고는, 자기 말고도 현서에게 괴롭힘당한 피해자가 있었나 보다고 생각하며 자신도 폭로 글을 쓸까 궁리하고 있을지도 모르는 일이었다. 만약 그렇게 된다면? 현서는 끝장이었다.

식은땀이 흘렀다. 애초에 그런 글을 쓰지 말아야 했는데,

후회해 봤자 이미 늦었다.

"나 어떡해, 언니?"

현서가 다시 울먹거렸다. 현주는 신음을 흘리며 입을 열었다 닫았다 했다. 아무리 생각해도 방법은 하나뿐이었다.

"그 수영이라는 애, 연락 닿아?"

"이젠 연락처도 모르지. 왜?"

"개인적으로 연락해서 뭘 원하는지, 사과하면 받아줄 용의가 있는지, 그런 걸 물어봐야 할 것 같아. 그렇게 한 다음에 대외적으로 뭘 어떻게 할지 정해야지. 그게 순서지."

일단 문수영을 떠보는 게 우선이었다.

수화기 너머에서 침묵이 흘렀다. 현주는 재차 물었다.

"방법 없어?"

"걔가 살던 집은 알아. 거기 걔나 걔네 부모님이 아직 살고 있을지는 모르겠지만."

"그러면 찾아가 보자. 내가 같이 가 줄게."

*

고향에 코빼기도 안 비치던 현서가 그날 저녁 한달음에 내려왔다. 엄마가 알면 무슨 일로 갑자기 왔는지 궁금해할 테니 집에는 들르지 않기로 했다. 현주는 역에서 현서를 만나서 함께 버스를 타고 수영의 옛집으로 향했다. 차창 밖으로 스치는 불빛들을 받은 현서의 얼굴은 눈에 띄게 파리해 보였다. 며칠 사이에 마음고생을 많이 한 티가 났다. 그 몰골을 보니 안쓰럽고 미안한 감정이 들었지만, '그동안 나를 안쓰러워해 주고 미안하다 해 주는 사람은 아무도 없었잖아'라는 반발심이 불쑥 치밀어 오르기도 했다. 현주는 불편한 심정으로 현서의 옆자리에서 침묵을 지켰다. 버스 에어컨에서 나오는 바람이 유난히 춥게 느껴졌다.

한참 생각에 잠겨 있던 현서가 입을 열었다.

"내가 그렇게 잘못한 걸까?"

"……"

"사흘 동안 머리가 터지도록 생각했어. 그때 내가 어떻게 했어야 했는지. 하지만 솔직히, 그때로 다시 돌아간다고 해도 나는 똑같이 했을 것 같아. 그렇게 하지 않으면 내가 따돌림당했을 거란 말이야. 나는 살아남아야 했어."

"……"

"수영이한테 미안하지 않았던 건 아니야. 하지만 수영이가 먼저 잘못했잖아. 걔가 비열하게 나왔잖아. 그러게 왜 남의 가족을 건드려, 건드리길. 내가 걔네 엄마랑 형제를 모욕

했으면 걔는 가만히 있었을까? 아니잖아."

"……."

"안 그래? 나는 언니가 '개 못생긴 다문화' 소리 듣는 거 참을 수 없었다고."

듣다 못 한 현주가 입을 열었다.

"그런데 현서야, 너도 솔직히 그렇게 생각했던 거 아니야?"

현서가 눈을 동그랗게 떴다.

"그게 무슨 소리야?"

"너도 나랑 엄마를 쪽팔려 한 거 아니야? 그러지 않았으면 나에 대해, 엄마에 대해 애초에 거짓말을 지어내지도 않았겠지. 거짓말을 안 지어냈으면 수영이라는 애가 너를 그렇게 공격할 수도 없었을 거고. 자업자득이라는 생각은 안 해?"

현서가 기가 막히다는 표정을 지었다.

"언니도 알잖아, 내가 솔직했다면 어떤 꼴이 됐을지?"

"그게 어떤 꼴인데?"

"그야……."

"나는 살아남았어. 어떤 일을 겪었든 살아남았다고. 너처럼 해야만 살아남을 수 있었던 게 아니야. 핑계 대지 마."

현서가 빨개진 눈으로 현주를 노려보았다.

"언니는 대체 누구 편이야?"

"누구 편을 드는 게 아니라……."

"나는 내가 언니랑 같은 편이라고 생각했어."

현서가 숨을 몰아쉬며 말을 이었다.

"그래, 어렸을 때는 달랐지. 나는 내가 정상적인 한국인처럼 생겼으니까 정상적인 한국인으로 살 수 있을 줄 알았어. 나는 언니랑도, 엄마랑도 다르다고 생각하면서. 하지만 서울에서 살다 보니까 그게 아니더라. 한국인 엄마 아빠 밑에서 자란 사람들이랑 나는 다를 수밖에 없더라. 자연스럽게 한국어만, 또는 한국어랑 영어만 배우면서 자라고, 누구나 아는 기독교나 불교 같은 종교를 믿거나 아무 종교도 믿지 않고, 엄마가 후진국에서 왔다고 친할머니랑 아빠한테 무시당하거나 얻어맞는 모습 지켜본 적 없고, 엄마한테 시시콜콜한 얘기 다 하면서 자라고, 명절이면 친가에도 외가에도 가서 용돈을 받아온 그런 사람들이랑 나는 다를 수밖에 없더라. 그래서, 그래서 그런 소설을 쓴 거야. 나도 결국 다문화이니까, 다문화 애들이, 언니가, 내가, 우리가 겪는 일에 관해 써야겠다는 생각이 들었어. 언제까지고 피할 수는 없다고. 그래서 그랬어."

"……."

"그때 내가 제대로 방어하지 못해서 걔한테 친구를 다 빼앗겼다면 어땠을까, 다문화라고 손가락질당했다면 어떻게 됐을까, 바로 내가 언니 같은 일들을 겪었다면 어땠을까 생각했어. 내가 언니에 대해 너무 잘 몰랐고 또 알려고도 하지 않았던 것 같아서 미안했어. 소설을 쓰면서 생각했어, 언니에 대해, 언니가 뭐든지 나보다 먼저 겪었던 일들에 대해, 언니 덕분에 내가 겪지 않을 수 있었던 일들에 대해……. 그런데 언니는…… 어렸을 때나 지금이나 내 트집만 잡으려고 하잖아."

"현서야, 그게 아니라……."

현주가 입을 열었을 때 버스가 정류장에 도착했다. 주변 사람들이 자매를 흘끔거리고 있었다. 현주와 현서는 허둥지둥 교통카드를 찍고 버스에서 내렸다.

길을 아는 현서가 앞장서서 걸었다. 현주는 몇 발짝 뒤에서 현서를 따라갔다. 버스 에어컨의 냉기는 신기루처럼 사라지고, 낮의 열기와 햇살이 채 가시지 않은 더운 저녁 공기가 자매를 감쌌다. 목덜미를 타고 흐르는 땀방울을 느끼며 현주는 종종걸음으로 걸었다. 조그마한 몸에 티셔츠와 청바지를 입은 현서의 뒷모습은 유난히 단호하고 쓸쓸해 보였다. 그 뒷모습을 지켜보며 현주는 고민에 빠졌다.

문수영을 만날 수 있을까?

만난다면, 수영이 현서의 공개적인 사과를 원할까?

작품 활동을 그만두기를 바라면 어쩌나?

그러면 현서는 그걸 들어줘야 하나?

현서를 좋아하던 독자들은 이 모든 일을 어떻게 생각할까? 설명해도 이해하기는 할까?

현서가 한 빌라 건물 앞에서 걸음을 멈췄다. 붉은 벽돌로 지어진 오래된 빌라였다. 현서는 말없이 계단을 올라 3층 왼쪽 집 앞에 다다랐다. 현서가 이 건물을, 이 호수를 기억할 만큼 한때 수영과 가까이 지냈다는 뜻이라고 생각하니 기분이 이상했다. 한때 둘도 없이 친했던 사이가 순식간에 적이 되기도 하고, 연락조차 닿지 않는 사이가 되기도 한다는 사실이. 현주와 현서는 그러려야 그럴 수 없는 사이였다.

현서가 초인종을 눌렀다.

현주는 현서의 옆으로 다가가 나란히 섰다. 그러고 조심스럽게 손을 잡았다.

현서는 손을 뿌리치지 않았다.

문이 열리고 한 중년 여성이 얼굴을 내밀었다. 여자는 피곤한 얼굴로 무슨 일이냐고 물었다. 현주가 먼저 입을 열었다.

"혹시 여기가 문수영 씨 집인가요?"

여자가 눈을 가늘게 뜨더니 말했다.

"수영이는 이 세상 사람이 아닌데요. 누구시죠?"

현주와 현서는 말을 잇지 못했다. 여자가 미심쩍은 눈으로 자매를 훑어보았다.

"수영이 어머니 되세요? 저는 수영이 옛날 친구인데······."

"친구 누구?"

"······장현서라고 해요."

"기억이 안 나네요. 무슨 일이죠?"

현서는 당혹스러워하며 더듬더듬 말했다.

"그······ 물어보고 싶은 게 있어서 왔는데······ 죄송합니다."

여자는 덤덤한 표정이었다.

"수영이는 재작년에 하늘나라 갔어요. 필요하다면 납골당 위치는 알려줄 수 있어요."

"그러면······ 부탁드리겠습니다."

여자가 주소를 불러 줬고, 현주가 핸드폰에 받아 적었다. 여자는 더 이상 대화하고 싶지 않은 듯 인사 없이 현관문을 닫았다.

자매는 계단참에 덩그러니 서서 서로를 마주 보았다.

*

안녕하세요, 며칠 전 폭로 글을 쓴 사람입니다.

그 글은 제가 지어낸 거짓입니다. 장난삼아 적은 글 몇 줄이 이렇게까지 큰 파장을 불러일으킬 줄은 몰랐습니다. 장현서 작가에게, 그리고 제 거짓말로 피해를 입은 모든 분께 사과드립니다.

죄송합니다.

현주는 마지막으로 글을 훑어본 다음 게시 버튼을 눌렀다. 폭로자의 계정에 새 글이 올라오기를 기다렸던 팔로워들이 빠르게 재게시를 하기 시작했다. 이윽고 욕설과 비방이 날아올 터였다. 현주는 반응을 구태여 확인하지 않고 앱 알림을 껐다.

그날 저녁, 템페와 멸치와 땅콩을 볶은 반찬과 달걀 프라이에 삼발 소스를 곁들여 먹은 뒤 엄마와 함께 빨래를 개고 있을 때 현서에게서 메시지가 왔다.

현서   언니, 나 입장문 쓴 것 좀 봐줘.

안녕하세요, 장현서 작가입니다. 소설 「나를 다문화라 불렸다」는 다문화 가정 자녀라는 이유로 놀림받았던 저와 제 언니의 경험을 토대로 쓰인 것입니다.

비슷한 경험을 한 혼혈인들이 위안받기를 바라는 마음으로 쓴 소설이 이런 논란에 휩싸이게 되어 매우 유감스럽습니다.

사실 관계가 확인되지 않은 글 몇 줄로 인해 제 작가로서의 인생을 송두리째 부정당하고 저와 제 가족에 대한 인신공격까지 들어야 했던 것은 고통스러운 경험이었습니다.

허위 사실이 게시되었던 계정에 사과문이 올라왔으니, 이제 공격을 멈춰 주시기 바랍니다. 그리고 악의적인 음해에 가담하셨던 분들은 사실관계를 바로잡는 데에 힘써 주시기 바랍니다. 감사합니다.

장현서 드림

현주는 입장문을 꼼꼼히 읽고 메시지를 보냈다.

현주	괜찮은 듯. 올려.
현서	ㅇㅋ

빨래를 다 개고 양치를 하고 나서 현주는 메시지를 한 통 더 보냈다.

현주   현서야. 미안.

답은 한 시간 뒤에 왔다.

현서   나도 미안해, 언니.

| 작가의 말 |

10대 시절 자카르타에서 5년을 살았습니다. 어린 나이에 낯선 곳에서 낯선 사람들에게 둘러싸여 자라는 것은 쉽지 않았고, 그래서 마음의 문을 닫고 지냈습니다. 혼자만의 세상 속에 틀어박혀 글을 쓰고 책을 읽는 것을 위안 삼았지요. 그렇게 갖게 된 글솜씨로, 그 시절의 내가 알고 싶지 않다며 외면했던 것들에 대해 쓰면 어떨까 싶었습니다.

과연 누구에게 글을 쓸 자격이 있는지, 그런 자격은 누가 결정하는 것인지에 대해 점점 더 많이 생각하게 됩니다. 이 소설은 그런 제 고민들을 바탕으로 하는 것입니다. 부디 이 소설이 누군가에게 결례가 되지 않았으면 하지만, 모든 사람에게 마냥 편하게 읽히기를 바라지도 않는 걸 보면 제 마음도 참 모순적인 것 같아요.

모순을 해결하지 않고 남겨두는 마음으로, 이만 줄입니다.